여자 나이 마흔으로
산다는 것은

여자 나이 마흔으로
산다는 것은

박경희 • 글

고려문화사

더는 휘청거리지 않을 것이다

나는 지금도 그때를 생각하면 아찔하다.

서른아홉에서 마흔이라는 선으로 들어설 때의 아득함. 두려움을 넘어 어지럽기조차 했다. 가고 싶지 않아도 가야만 하는 거역할 수 없는 나라, 마흔이란 나이가 괴물처럼 여겨졌다. 어느 날, 휘청거리던 발길이 이끈 곳은 '양희은의 콘서트' 장이었다. 작은 라이브 극장은 전국에서 몰려 온 아줌마들로 거센 물결을 이루었다. 심연 깊은 곳에서 울려나오는 가수의 노랫소리에 관객은 숨소리마저 아꼈다. 아줌마들의 모습은 신성한 종교 의식에 참석한 신도처럼 보였다. 그만큼 진지했다.

나는 하마터면 옆에 앉아 노래에 심취한 아줌마에게 손을 내밀 뻔했다. 펑퍼짐한 아줌마가 친구처럼 느껴졌다. 깊은 동질감이었다.

'아침이슬' 을 듣는 순간 그녀의 모습이 떠올랐다.

늘 짧은 머리에 짧은 치마를 입고 입을 꼭 다문 채 두꺼운 원서를 끼고 다니던 친구. 그녀는 영특했다. 어머니 아버지 모두 교육자여서인지 말씨도 반듯반듯했다. 그러나 친구들과 별로 어울리지 않았다. 그런 그녀가 내게 먼저 말을 건넨 건 의외였다.

"너, 나랑 저녁에 어디 같이 가보지 않을래?"

평소에 나에게 관심이 없을 것이라고 믿었던 친구의 호의 어린 제의는 뜻밖이었다. 하지만 기분 나쁘지는 않았다. 나는 그녀가 가자는 곳이 어딘지 묻지 않았다. 그녀가 가는 곳이면 어디든 상관없을 것 같았다. 그만큼 그녀는 믿음이 가는 친구였다.

저녁에 그녀가 나를 데리고 간 곳은 광화문에 있는 어두컴컴한 다방이었다. 붉은 카페트가 유난히 눈에 띄고 성벽같이 칸막이가 되어 있었다.

그녀는 나를 다방 깊숙한 곳, 남들 눈에 띄지 않는 곳으로 안내했다. 그곳에는 남학생, 여학생 대여섯 명이 모여 앉아 스터디를 하고 있었다. 나는 평범한 동아리인 줄 알았다. 으슥한 밤이 되어 그곳을 나오며 나는 머리가 어지러웠다. 그들이 건네준 종이에는 막스 레닌주의와 사회주의에 대한 글들로 가득 찼다. 나는 다방을 나오자마자 그 종이를 쓰레기통에 집어넣어 버렸다. 불심 검문에 걸려 뜻하지 않은 오해를 받고 싶지 않았으므로.

그 후로 몇 번 더 그 서클에 나가기는 했지만, 나는 그들과 노선을 같이할 수는 없었다. 그러나 친구인 그녀를 따라 시위에 나선 선배들에게 먹을 것과 입을 것을 갖다 주는 일들을 했다. 나중에 그들이 난지도 쓰레기 더미 속에 사는 아이들을 위한 야학을 열었을 때 동참하기도 했지만, 나는 여전히 아웃사이더였다. 그들 중심으로 들어갈 수 없었던 건, 나의 기질 탓일 것이다. 지금도 마찬가지지만 어느 한쪽에 나를 고정시키는 게 싫었다.

　아무튼 똑똑하고 독특했던 내 친구 그녀.

　그녀는 졸업과 동시에 소식이 끊겼다. 운동권 선배 옥바라지하다 유학을 갔다는 소문이 들리기는 했지만, 나는 나대로 바쁜 나날이라 찾을 생각조차 못했다. 불현듯, 사회 개혁을 부르짖던 그녀의 형형한 눈빛이 생각났다. 지금 그녀는 어디에 있을까, 몹시 궁금했다.

　가수의 애절한 노래가 관객을 몰아지경으로 이끌었다. 나는 노래를 들으면서도 마음 한 켠에서는 해결하지 못한 숙제와 같은 일들로 머리가 지끈거렸다. 아이들 학교에서 내 나이쯤 되는 학부모를 볼 때마다 나는 혼돈스러웠다. 모든 사람들이 과거가 지워진 존재처럼 보였기 때문이다. 오직 자기 자식만이 이 세상에서 주목받은 아이이길 바라는 듯한 눈길들이었다. 이 땅의 모든 어머니들의 과거는 자식이라는 명제 앞에 백지장이 되고 마는 것일까? 그들이 가졌던 이상과 신념은 다 어디로 가버린 것일까?

시간이 지나 학부모들과 친해지면서 학창 시절 가졌던 꿈에 대해 이야기를 나눌 때가 있었다. 그들은 대부분 자신의 전공이나 학창 시절을 잊고 그냥 살고 있다고 자조하듯 말했다. 빛나는 학벌을 자랑하는 학부모도 결국은 아이의 성적에 전전긍긍하는 어머니였다. 자신들의 꿈과 비전은 모두 덮어두고, 오직 자식만이 꿈이요 희망으로 바뀐 내 또래 어머니들을 볼 때 몹시 씁쓸했다. 그 속에 내가 있었기 때문이다.

학부모들을 만날 때마다 나를 그 어두운 지하다방으로 이끌었으며 야학으로 이끌어 주었던 그 친구가 생각났다. 그녀는 지금 어디서 그 열정을 불태우며 살고 있을까. 그 친구도 나를 비롯한 이 땅의 학부모들처럼 그냥 그렇게 살아가고 있을까?

그러나 그 모든 것들이 한 개인의 문제가 아니라 사회구조적인 문제라는 것을 실감하면서 심각하게 생각지 않기로 했다. 어머니라는 명제를 안고 나면, 자신에게 선물로 온 자녀의 앞날을 위해 헌신하는 일이 무엇보다 가장 중대한 일이 된다는 걸 당연하게 받아들이기로 했는지도 모른다.

그때 나는 인정해야만 했다. 이 땅의 아줌마는 모두 '믹서된 인간'일 뿐이라는 것을. 예전에 무엇을 하며 살았든, 상관이 없었다. 단지 아내라는 자리와 어머니라는 자리만 잘 지키며 사는 것이 '믹서된 인간'이 해야 할 몫이었다.

나는 그때 간절히 바랐다. 소리 낼 수는 없지만, 이 땅의 수없이 많은 여성들이 자신이 가진 달란트(talent)를 발휘하며 살 날이 있기를. 그래서 자식의 성적표가 자신의 인생의 척도가 되지 않기를 말이다. 그건 나를 향한 주문이었을 것이다.

갈등 속에 있던 나에게 가수의 노래는 충분히 위로가 되었다.

나는 누구인가, 에 대한 질문이 다시 시작되는 순간이었다. 나만 그랬던 것은 아니었나 보다. 가수가 '내 나이 마흔살에는'을 부르자 여기저기서 흐느끼는 소리가 들렸다. 나도 울었다.

그날 흘린 눈물 속에는 지나간 젊음에 대한 그리움만이 아니라, 잃어버린 정체성을 찾아야 한다는 각오가 들어 있었다. 내 인생의 터닝 포인트가 되어준 시간이었다. 그 후로 나의 흔들림은 많이 진정되었다.

어느덧, 마흔의 중반 고개를 넘고 말았다.

청바지만 입어도 당당했던 그 젊은 시절은 다시 오지 않을 것이다. 하지만 능소화 꽃처럼 농익은 아름다움이 마흔의 속살이라는 것을 알기에, 이제 더는 휘청거리지 않는다. 아니 휘청거릴 시간이 없다. 절반의 삶을 산 경험으로 앞으로 남은 생 앞에 성실해야 한다는 명제가 남았기 때문이다.

마흔의 고개를 넘어오며 겪은 수많은 이야기들을 수다 떨듯, 혹은 깊은 속내를 고백하는 마음으로 털어놓았다. 많은 이들과 공감대를 형성할 수 있다면 더 바랄 것이 없겠다.

제3장 여자 나이 마흔, 자기만의 휴게소가 필요하다

제4장 여자 나이 마흔, 준비할 것은 따로 있다

제1장

여자 나이 마흔으로
산다는 것은

"다시는 아무도 나를 만져주지 않을 줄 알았어요."

문 밖에만 나가면 극장이 있다는 건 행운이다. 우리 집 근처에는 옛 정서를 불러일으키는 아름다운 극장이 있다. 동숭아트센터 내에 있는 '나다 극장'이 바로 그곳이다. 이곳에서는 실험 영화나 단편 영화제같이 꽤 볼 만한 영화를 수시로 상영한다. 나는 시간이 있을 때마다 극장에 들어가 휴식을 얻는 편이다.

얼마 전에 본 영화를 잊을 수가 없다.

유난히 눈가에 진 주름이 눈에 띄는 메이는 진한 공허함에 몸서리를 친다. 런던 교외에서 평범한 여생을 보내 온 60대 후반의 메이는 남편과 함께 자식들을 만나러 런던에 간다. 사회적으로 성공한 아들과 며느리는 너무 바빠서 그들과 밥 한 끼를 같이 먹을 시간이 없다.

작가 지망생인 딸 폴라는 오빠의 친구이자 목수인 유부남 대런과 사랑을 나누는 사이다.

아들의 집에 짐을 풀고 산책을 하고 돌아오던 중 갑자기 남편이 죽는다. 메이는 자식들 곁에 머물고 싶지만, 자녀들은 그녀의 존재를 별로 달가워하지 않는다.

한낮이면 아들의 집 공사를 맡아 목수 일을 하고 있는 대런과 메이만 남는다. 거기서부터 사건은 터지고 만다. 거친 외모와는 달리 자신의 외롭고 힘든 감정을 잘 이해해 주는 대런에게 메이는 이끌린다. 대패질을 하고 있던 대런과 뜨거운 햇살을 받으며 이야기를 나누던 중 메이는 강한 성적 충동을 느낀다. 자신도 모르고 있던 숨은 열정이 살아 꿈틀대고 있었다. 아무도 없는 아들의 집에서 60대 여인과 40대 남자, 즉 딸의 정부와 어머니가 뜨거운 정사를 나눈다. 그들의 살과 살의 만남이 창문으로 들어오는 맑은 햇살에 고스란히 드러난다. 매우 충격적인 노출 신이다.

"다시는 아무도 나를 만져주지 않을 줄 알았어요."

메이는 창문을 통해 들어오는 바람결에 나부끼는 머리카락을 쓸어 넘기며 쓸쓸히 말한다. 깊은 의미가 담긴 독백이다.

얼마 전에 본 〈The Mother〉라는 영화의 줄거리다. 서사만으로는 매우 통속적이다. 그러나 이 영화는 결코 통속적이지 않다. 영국 최고의 드라마 팀이 이룬 완벽한 걸작이라는 호평을 받은 영화이며, 칸 영화제 감독주간 부문 초청, 뉴욕타임즈 지 선정 '2005년 최고의 영화 10편'에 선정된 로저 미셸 감독의 작품이다.

아무튼 나는 이 영화가 끝난 뒤에도 자리를 뜰 수 없었다.

딸의 정부와 정사를 나누는 어머니.

영화를 보지 않은 채 이 문구만 본다면, 당연히 패륜이며 부도덕한 일로 치부할 것이다. 어쩌면 이 말만 듣고도 고개를 돌리거나 돌을 던질 사람들도 있을 것이다. 그러나 이 영화는 나이 들어가는 여성의 심리를 적나라하게 잘 표현했다.

부부생활을 하고, 아이를 잉태해서 낳는 동안 여성의 몸은 많은 변화를 거듭한다. 가장 많은 변화를 경험하는 곳이 자궁일 것이다. 여성의 자궁은 작은 우주다. 그 우주 안에서 인류는 태어난다. 그 위대한 자궁을 감싸고 있는 여성의 몸은 나이를 들어가면서 아름다움을 상실한다. 원치 않아도 뱃살은 무섭게 불어나고, 허리선은 있었는지조차 가물거릴 정도다. 물론 피나는 노력으로 몸매 관리를 하는 여성도 있지만, 대부분 예전과는 다르다.

메이와 대런이 정사를 치르는 장면은 아름답지도 않지만, 그렇다고 혐오스럽지도 않다. 나는 그 장면을 보는 순간, 울컥했다.

햇살에 비친 나이 든 메이의 벗은 몸은 이미 여성성을 상실한 살덩어리일 뿐이다. 카메라는 삐져나온 메이의 허릿살을 적나라하게 보여준다. 화면에 비친 그녀의 젖가슴은 전혀 섹시하지 않다. 숭숭 뚫린 땀구멍이 너무나 리얼해서 고개를 돌리고 싶을 정도였다. 메이의 몸은 막노동으로 다져진 대런의 근육질 몸매와 너무나 대조를 이뤄 더욱 슬픈 여체였다.

"다시는 아무도 나를 만져주지 않을 줄 알았어요."

이 말은 그녀만의 독백은 아닐 것이다. 다시 누군가 나를 만져줄 사람이 있을까. 이 독백은 구체적인 대상을 향한 염원이 아니다. 다만 사그라져 가는 여체에 대한 애달픈 마음의 표현일 뿐이다.

아직도 여성성을 잃지 않고 있다는 것, 단도직입적으로 말해 '영원히 여자로 남고 싶다'고 절규하는 듯싶었다. 메이가 젊은 남자 대런에게 어딘가로 떠나자고 매달리는 것도 사랑의 갈구가 아니라, 잃어버린 세월을 보상받고 싶은 심정일 것이다.

메이의 딸인 폴라가 이 사실을 알고는 엄마에게 대든다. 당연한 일이다. 그때 엄마는 말한다.

"왜 나는 그러면 안 되니?"라고.

이 대화는 부정한 짓을 저지른 어머니가 딸에게 할 수 있는 말은 아니다. 지금까지 이런 경우 어머니는 무조건 용서를 빌어야만 했다. 어쩌면 딸 앞에서 자해라도 해야 옳다고 말할 수도 있다. 그러나 메이는 결코 그렇게 말하지 않았다.

폴라는 엄마를 싫어한다. 어렸을 때부터 어머니에게 한번도 칭찬을 받지 못하고 자랐다. 폴라는 자신이 이혼한 것, 아직도 작가 지망생에 머물고 있는 것 등이 어머니가 자신을 내팽개쳤기 때문이라고 힐난한다. 집에서 대접받고 자란 사람이 밖에서도 사랑받을 수 있다는 논리다. 그 어머니는 회한에 젖어 딸에게 용서를 구한다. 구두 가게 종업원으로 일하면서 너를 키우느라 사랑한다는 말을 할 겨를이 없었다고. 그러나 딸의 마음속 깊은 골은 메워지지 않는다. 더군다나 자신이 좋아하는 남자와 부정한 짓을 저지른 어머니를 용서할 수 있겠는가. 폴라는 절대로 어머니를 용서할 수 없다.

결국, 메이는 홀로 어딘가로 떠난다, 자기 길을 찾아서.

〈The Mother〉는 욕망보다는 숙명적인 여성의 삶을 '늙은 여체'를 통해 보여준다. 메이와 폴라의 관계를 보면서, 우리나라뿐 아니라 우주에 살고 있는 모든 자식들의 어머니 상은 비슷한 것 같다는 생각이 들었다. 어머니는 무조건 헌신적이어야 한다. 그런데 나이 든 어머니가 딸의 남자를 넘보다니, 지탄받아 마땅하다. 그러나 관객은 메이에게 돌을 던질 수 없다.

세월은 변했다. 황혼 이혼이 늘고 있듯이 나이 든 어머니도 자신이 원하는 길을 찾아가고 있다. 무조건 참기만 했던 시간을 되돌릴 수는 없지만, 그 삶을 지속하고 싶지는 않다. 어머니를 '희생의 대명사'로 여기던 시대는 지났다.

이 영화는 어머니도 사랑을, 아름다움을, 감미로움을 꿈꿀 수 있는 여성이라는 사실을 웅변하고 있다. 그런데 이영화에 내가 그토록 공감을 느끼는 이유는 무엇일까? 왜 메이의 육체가 잊혀지지 않는 걸까? 내가 나이가 들어서일까? 나의 육체도 늙어가기 때문일까? 그래서 이 대사는 더욱 더 잊을 수 없다.

"다시는 아무도 나를 만져주지 않을 줄 알았어요."

세월이 내게 준 선물

얼마 전에 백화점에 들렀던 적이 있다. 마침 세일중이
었다. 나는 모처럼 느긋한 마음으로 아이 쇼핑을 하고
있었다. 한 매장에 내 취향의 옷이 있었다. 나는 자세히 보려고 안으
로 들어갔다. 바로 그 순간 한 여자가 내게 다가오더니 아주 오랜 친
구처럼 묻기 시작했다.

"이 옷 어때요?"

당황스럽기는 했지만 그 여자가 너무 진지하게 묻는 바람에 나 역
시 진실을 이야기할 수밖에 없었다.

"너무 칙칙한 것 같은데요."

"그럼 이 원피스는요?"

"그건 너무 몸매가 드러나서 별로네요."

그녀에게 옷을 권하던 판매원의 눈이 휘둥그레지더니 친구냐고 물

었다. 옷을 입어보던 아줌마가 내게 눈을 찡긋했다. 그 순간 그 여자의 마음을 금방 읽을 수 있었다.

"손님에게 너무 잘 어울리네요. 마치 손님을 위해 만든 옷 같아요."

그 여자는 판매원의 말을 믿을 수 없었던 모양이다. 판매원은 가능한 많이 파는 것이 목적이므로 수단과 방법을 가리지 않는다. 뚱뚱한 체형에 어울리지 않는 옷을 입혀놓고도 너무 잘 어울린다고 말하는 게 뛰어난 상술이라고 믿는 것 같다. 나 역시 판매원의 달콤한 유혹에 넘어가 내게 맞지 않은 옷을 산 적이 있다. 그 옷을 볼 때마다 기분이 나쁘다.

나는 오랜 친구인 양 그녀가 옷 고르는 걸 도와주었다. 그녀가 시장이나 할인 매장에서 사도 될 만한 옷을 집어들면 "너무 비싸네요"라는 말로 그녀의 손에서 옷을 내려놓게 했다.

그녀는 비싼 정장을 입어보았다. 나와 비슷한 연배일 것 같은데 나이가 더 들어보이고 전혀 어울리지 않았다. 나는 그녀의 옆구리를 쿡 찔렀다. 판매원의 눈치가 보였기 때문이다. 그녀는 나의 의견을 적극적으로 받아들였다. 여자가 이옷 저옷을 걸쳐볼 때마다 정직하게 대답했다. 판매원의 얼굴이 싸늘하게 변해갔다.

결국 그녀와 나는 쫓겨나다시피 매장을 나오고 말았다.

그런데 밖으로 나와 그녀의 얼굴을 보는데 왜 그리도 민망하던지. 그녀 역시 내 마음을 읽었는지 고맙다는 말을 남기고 총총히 사라졌다. 나는 사라지는 그녀의 뒷모습을 바라보며 혼자 웃었다.

그건 조금 전의 내 모습에 스스로 놀랐기 때문이다. 판매원의 눈총을 받으면서까지 그녀를 도와주려 애썼던 건 도대체 무엇일까. 아무래도 내가 나인 것 같지 않았다. 한때는 옆 사람이 죽는다고 발버둥을 쳐도 관심조차 보이지 않던 사람 아닌가. 그런데 길에서 만난 여자의 옷 고르는 것까지 도와주다니…….

그날 나의 행동은 단순하다. 그건 내가 시간이 남아돌아서도 아니고, 남의 일에 참견하는 걸 좋아해서도 아니다. 나는 그 여자가 판매원의 눈 가리고 아웅하는 식의 판매 전략에 넘어가는 것이 싫었다. 전혀 어울리지 않는 옷을 입혀놓고 무조건 예쁘다고 말하는 건, 소비자를 기만하는 것이다. 특히 아줌마를 무시하는 처사가 아니고 무엇이겠는가. 나는 눈앞에 뻔히 보이는 장삿속을 그냥 넘어갈 수가 없었다. 나도 그런 대접을 받을 수 있기 때문이다.

그뿐인가.

지하철에 앉아서도 가끔 모르는 아줌마와 수다를 떨고 있는 나를 발견할 때가 있다.

아들이 대학 수능 시험을 마치고 얼마 지나지 않아서였다. 생각했던 것보다 훨씬 안 나온 아들의 점수 때문에 우울해하고 있는데 옆에 앉은 여자가 '대학입학정보' 지를 열심히 보고 있었다. 나는 무심히 그녀가 책장을 넘기는 대로 흘끔거리며 그 책을 들여다보았다.

"보실래요?"

옅은 화장을 한 그녀는 매우 세련되어 보였다. 얼굴을 보아하니 내 또래 정도일 것 같았다.

"시험 본 자녀가 있으세요?"

이 말 한 마디로 우리 둘의 대화의 물꼬는 트인 셈이다. 그쪽은 딸이 시험을 보았고 나는 아들이 시험을 보았다. 나의 아들은 내신은 좋은데 수능 점수가 엉망이라 속이 타 들어가는 입장이었고, 그쪽은 수능 점수는 그런대로 잘 나왔는데 내신 점수가 엉망이라 고민하고 있었다. 자녀들이 부모들에게 숙제를 안겨준 것이다. 우리 때처럼 스스로 알아서 대학을 진학하는 것이 아니라, 온 집안 식구가 정보망이 되어 주어야만 하는 게 현실이다.

"재수하는 건 어떨까요?"

"저는 아무 데나 보낼 생각이에요. 대학이 뭐 그리 중요해요. 자신이 좋아하는 걸 공부시키는 게 낫지요."

서로 고개를 주억거리며 상대방의 말에 공감의 표시를 하는가 하면, 아니다 싶은 말에는 적극적으로 이해를 시키기 위해 애를 썼다.

30여 분 이야기를 나누다 보니, 혜화역이라는 안내 방송이 나왔다. 갑자기 마무리를 어떻게 하고 헤어지나? 잠시 고민했지만 오래 고민할 필요가 없었다.

"좋은 정보 고맙습니다."

나와 그녀는 마치 동창이라도 되는 듯, 너무도 다정하게 인사를 나누고 헤어졌다. 대학 선택을 앞둔 자녀를 둔 어머니라는 공통점만으로도 충분히 많은 이야기를 나눌 수 있는 나이가 바로 중년이다.

찜질방이나 사우나에 가면 아줌마들은 다를 게 없다. 입고 있는 흰

가운부터 행동까지 모두 한결같다. 뜨거운 불가마 속에 들어앉아 땀을 뻘뻘 흘리면서도 아줌마들의 수다는 그칠 줄을 모른다. 몸에 좋다는 민간요법이란 요법은 다 나오고, 살 빼기 작전은 수백 가지가 넘는다. 심지어는 처음 보는 여자들끼리 모여 앉아 자기 남편 자랑에서 흉까지 다양한 선을 넘나든다.

나는 얼마 전까지만 해도 어디를 가든 먼저 말을 건넨 적이 없었다. 그건 누구나 마찬가지일 것이다. 그뿐 아니라 내 또래의 아줌마들이 모여 있을 시간이나 장소에는 얼씬거리지도 않았다. 번잡스러움이 싫었기 때문이다.

그런데 단 몇 년 만에 나는 변했다.

전철 안에서도, 옷 가게에서도, 심지어는 찜질방에 가서도 나는 아무렇지 않게 낯선 아줌마들과 삶을 나눈다. 혼자 작업하다 나가서 만나는 아줌마들의 수다 속에서 에너지를 충전받기도 한다. 삶의 연륜이 묻은 아줌마들이 뿜어내는 내면의 힘을 믿기 때문이다.

마흔 넘은 여자가 어디를 가든 새치름하게 앉아 자기 잘났다고 해 봤자 알아주는 사람도 없지만, 실제로 잘난 사람이 그게 아니라는 걸 너무 늦게 깨닫는 경우도 있다. 그렇다고 너무 넘쳐서도 안 된다. 넘치면 주책이며 가벼워 보인다. 무엇이든 적당한 선을 지킬 줄 안다면 아줌마들과의 교제는 삶의 윤활유가 된다.

요즘 나는 거울 속의 자신과 만날 때가 많다. 몸의 부피가 늘어난 만큼 모든 것이 너그러워졌다. 그것은 마음을 비웠다는 말도 되고, 사람에 대한 이해의 폭이 넓어졌다고 말할 수 있다.

남의 일에 간섭도 하지 않을 뿐더러, 누군가 내게 관심을 보이는 것조차 무 자르듯 냉정하게 뿌리치던 시절이 있었다. 깔끔해 보이는 것 같지만 실상은 외로운 삶의 연속이었다. 그 벽을 허물 수 있었던 것은 바로 나이를 먹어간다는 것이었다.

나이를 먹는다는 것이 결코 우울한 일만은 아니다. 내 모습 그대로 살 수 있어 좋다. 그러면서 삶이 참 편해졌다. 날카롭던 신경도 많이 부드러워졌고, 어떤 경우든 전전긍긍하며 살지 않게 된 것도 거울 속의 나를 만나는 시간을 통해 얻은 것이다. 그러나 너무 자신에게 너그럽게 대하다 보니 겉모습마저 몹시 풍성해지고 말았다.

그래도 어쩌랴. 나는 펑퍼짐한 모습으로 변해가는 나를 용서한다. 그리고 사랑한다. 내 안의 또 다른 내가 자리 잡고 있으므로. 세월이 내게 준 선물이라 믿고 싶다.

늘 공사중인 인생

나는 가뭄에 콩 나듯 가끔 수영장에 간다. 스포츠 센터에 가면 낯익은 사람들을 종종 만나게 된다. 그들은 10년 전 나와 같이 수영 강습을 받던 사람들이다. 주로 동대문 시장에서 장사를 하는 아주머니들인데 언제 보아도 활기가 넘친다. 그 사람들은 수영장을 출근하듯 하루도 빠짐없이 오는 것 같다. 한 사람이라도 보이지 않으면 탈의실에 앉아 전화를 해서 안부를 묻는 모습을 몇 번 보았다. 그들끼리 이따금 야유회도 다녀오는 듯싶었다.

어느 날, 그녀들이 수영하는 모습을 지켜보았다.

마흔이 넘은 아줌마들인데도 모두 수영을 잘했다. 마치 물개 같았다. 넓은 수영장을 자유자재로 오가는 모습이 멋있었다. 그들은 계속 레슨을 받아왔기 때문에, 혼자 자유 수영이나 하다 나오곤 하는 나와는 차원이 달랐다. 노래방에 가면 노래 잘하는 사람이 가장 멋져 보이듯, 수영장에서는 수영 잘하는 그들이 최고였다.

그 사람들이 10년 넘게 강습 받고 다닌 게 헛것이 아니었구나, 싶다. 나는 애초부터 수영 선수처럼 잘하고 싶은 생각은 없었다. 그저 물 속에 들어가 몸이 뜰 정도만 배우고 싶었기 때문에 수영 강습을 끝까지 받지 않았다. 10년이 지나고 나니 그 차이가 확연했다. 약간 내 자신에게 실망스러웠다. 나도 계속 강습을 받을 걸 후회가 되기도 했다.

솔직히 말해 나는 운동을 꾸준히 하지 않는 편이다. 헬스장에 나가 땀 흘리며 체력 단련도 해보고, 스포츠댄스를 배우러 다니기도 했다. 처음에는 누구보다 열심히 했다. 남들 앞에 자랑도 하면서 대단히 열심히 할 것처럼 떠벌리곤 했다. 그러나 대부분 석 달이 안 되어 싫증을 내거나 힘들다고 그만두곤 했다. 나중에는 걷는 것으로 운동을 대신한다고 했지만, 그것도 가뭄에 콩 나듯 드문드문일 때가 많다.

그 결과 나는 살찐 여인이 되고 말았다.

열심히 운동을 하다 말다 해서 생긴 훈장(?)이다. 운동하러 갈 때마다 거리에 나붙은 '공사중'이라는 팻말이 떠오른다. 이쪽 공사가 끝났나 싶으면, 또 그 옆을 파헤치고 부수느라 정신이 없는 거리의 무법자 말이다. 비가 오면 공사하느라 파헤쳐 놓은 곳에 물이 고여 보기 흉한 것처럼, 일만 벌이는 사람은 늘 정신없어 보인다. 한 가지라도 공사를 마무리하고, 내실을 기하는 작업을 해야 하는데 그렇지 못한 것이다.

건물로 말하면, 방을 만들어야 하고, 그 방안을 아늑하면서도 편안하게 꾸미는 작업이 필요한 것처럼, 늘어놓은 일들을 하나씩 매듭짓는 습관이 필요하다.

어느 날 친구를 만나 살찐 것에 대해 고민을 털어놓으면서 운동을 꾸준히 하지 못한 내 자신에 대해 넋두리를 했다.

"너는 운동하는 걸 가지고 뭘 그렇게 자신을 학대하냐? 대신 너는 끈질기게 방송 일도 하고, 공부하잖아. 운동은 하다 말다 할 수도 있지 뭘 그래? 그럼 나는 네 앞에서 죽어야겠네."

그 친구의 말을 듣고 보니, 약간 위로가 되었다. 운동을 끝까지 못한 것도 사실 일에 치여서 너무 바쁜 탓도 있지 않았는가.

말이 나온 김에 그 친구에 대해 이야기를 좀 해야겠다. 그 친구의 문 앞에는 나보다 수없이 더 많은 '공사중'인 팻말이 붙어 있었다. 그녀는 늘 의식이 깨어 있고 뭔가를 꿈꾸지만 한 번도 끝까지 일을 추진한 적은 없는 것 같다.

운동도 꽤 다양한 것들을 배웠다. 수영에서부터 골프는 물론 남들이 잘 하지 않는 탁구까지 시도했다. 그리고 결혼하기 전 아이들을 가르친 경험을 살려 새로운 일을 해보겠다는 의지로 논술 강사 자격증을 땄다. 그 후 실제로 아이들을 가르치러 다녔지만 방문 교사를 하는 게 적성에 맞지 않는다는 이유로 그만두었다.

평소 책을 많이 읽고 문학적인 자질도 있어서 창작 활동을 시도해 본 적도 있다. 그러나 그녀는 잠깐 문학 동네에 나가 보더니 너무도 이질적인 그쪽 분위기가 맞지 않는다며 금세 문학에 대한 열정을 접었다.

"나는 무엇이든 새로운 것만 보면 해보고 싶은 충동이 일어. 하지만 내게 맞지 않는다 싶으면 미련 없이 그만두지. 그렇다고 나는 너처럼 나를 학대하지는 않아. 뭔가 새로운 일을 시작해 보는 것만으로도 얼마나 흥미로운데. 아예 시작도 안 하는 사람도 많잖아."

누구보다 자신을 잘 파악해서 하는 말이었다. 그녀는 지금도 새로운 일을 꿈꾼다. 얼마 전 좀 더 공부하길 원하는 남편을 따라 파리에 갔을 때도 그녀는 끝없이 박물관이나 미술관을 다녔다고 한다. 파리 시내 지도와 책 한 권을 들고 박물관에 가면 하루가 어떻게 지나가는 줄도 모를 정도였다. 새로운 문화에 대한 충격이 그녀를 흥분시켰다.

그날 나는 그녀의 따끔한 충고를 받은 후, 지금까지 가졌던 나의 선입견 하나를 버린 셈이다. 무엇이든 끝까지 물고 늘어지는 것도 좋지만, 쉬지 않고 새로운 일을 시도해 보는 것 또한 새로운 에너지 창출의 한 방편이 될 수 있다.

아무튼 요즘 나는 계속 무언가를 배우며 살고 싶다. 무언가를 배우는 동안 살아 있다는 느낌이 든다.

그녀를 보면 지금도 살아 움직이는 물고기를 보는 것 같다. 그녀 안에 늘 새로움을 추구하는 생동감이 있기 때문이다.

늘 공사중인 것처럼 늘어놓기만 하고 마무리를 짓지 못하는 것은 결코 바람직하지 않다. 하지만 한 가지 일에만 매달리느라 새로운 일들을 시도해 보지 않는 것 또한 아름다운 인생은 아닌 것 같다.

넓은 운동장에서 혼자 노는 것 같아

얼마 전에 인사동에서 옛 친구를 만났다.

오래전에 나와 같이 프리랜서로 글을 쓰던 친구인데, 지금은 경기도 외곽지역에 살고 있어서 자주 만나지 못했다.

약속 장소에 먼저 나가 있는데 친구가 들어왔다. 3년 전보다 몸이 좀 난 것 같았다. 중년에 살이 찌는 건 당연한 일이다. 나는 통통한 친구를 만날 때마다 마음이 푸근해진다. 친구 역시 나를 보자 씨익 웃으며 말했다. 이심전심일 것이다.

친구와 대나무 통밥을 먹고 자리를 옮겨 차를 마시며 오랜만에 회포를 풀었다. 친구의 얼굴에 언뜻언뜻 어두운 그림자가 스치는 것이 마음에 걸렸지만 즐거웠다. 이야기는 끝이 없었다. 그러다 잠시 침묵이 흘렀다. 그녀가 침묵을 깨고 속내를 털어놓았다.

"너, 나 자궁 없는 거 알지?"

나와 동갑인 그 친구는 5년 전에 자궁 근종(물혹)으로 자궁 적출술을 받았다. 근종은 여성이면 흔히 갖고 있으며 병도 아니라고 생각했지만 수술을 했다기에 인사차 병원을 다녀왔던 기억이 났다. 그런데 뭐가 문제인가?

"너는 웬만하면 자궁 들어내지 마라. 나처럼 후회하지 말고……."

"폐경이 되면 너와 다를 게 없을 텐데, 뭐……."

나는 심드렁하게 말했다. 친구의 얼굴에 다시 검은 그림자가 스쳐 지나 갔다.

"늘 넓은 운동장에서 혼자 노는 기분이야."

친구가 독백처럼 이 말을 흘렸다. 나는 친구가 외로움을 호소하는 것인 줄 알았다. 맞아. 우리는 방학을 맞은 텅 빈 운동장에 핀 잡초처럼 늘 외롭지. 새삼스럽게 저렇게 엄살을 피울 건 뭐람. 속으로 혼자 구시렁거리고 있는데 친구의 얼굴은 점점 더 심각해졌다.

"수술한 후로 한 번도 절정을 느껴보지 못했어. 나는 나대로, 남편은 남편대로 놀다 뿔뿔이 흩어져서 각자의 집으로 돌아가는 것 같은 느낌이 드는데 미치겠어."

친구는 남편과 서먹한 사이가 되어버린 게 자궁을 들어냈기 때문이라고 믿고 있는 것 같았다. 나는 산부인과 전문의에게 이 문제를 직접 물어본 적이 있다.

물론 자궁을 들어내는 일은 신중해야 한다고 했다. 근종 때문에 암이 되는 경우는 드물다고 한다. 그러므로 통증이 심하거나 출혈이 없을 경우 자궁 적출술은 되도록 하지 않는 게 바람직하다. 자궁 속에 물혹이 있다는 것을 안 순간, 생기는 걱정 때문에 오히려 병마를 불러들이는 경우도 종종 있다. 그러나 이미 친구처럼 수술을 한 상태라면 그 자체를 긍정적으로 받아들이는 것이 중요하다고 했던 말이 생각났다. 그래서 친구에게 진지하게 말했다.

"네가 너무 예민하게 반응하는 것 아닐까. 그리고 무엇보다 너의 생각이 그렇다는 걸 남편에게 말해 본 적 있어?"

친구는 어떻게 남편에게 자신의 그런 기분을 말할 수 있겠느냐고 했다.

"네 남편도 너의 기분을 알아야 한다고 생각해. 그런 다음 다른 방법을 찾아보는 거지. 호르몬 요법도 있는 것 같던데. 같이 전문가를 찾아보는 것도 좋을 것 같고."

"너는 아직 폐경이 아니라서 이런 기분 모를 거야. 내 주변에 폐경인 친구랑 이야기해 보았더니 나와 비슷한 느낌인 것 같더라. 자궁을 들어낸 것이나 폐경이 온 거나 그 공허함은 마찬가지인가 봐."

그 말을 듣고 보니, 나에게도 폐경이라는 손님이 찾아올 때가 되었다는 걸 실감하게 되었다.

친구와 헤어져 돌아오며 많은 생각을 했다. 어느덧, 폐경을 준비할 나이가 되었다는 사실이 새삼 나를 숙연하게 했다.

나이를 먹어감에 따라 육체의 변화가 찾아오는 건 당연한 일이다. 폐경은 사람마다 약간씩 차이가 있지만 대개 여성의 나이 40세 이후에 찾아온다. 폐경 1년 전부터 조짐이 보인다. 지금까지 규칙적이던 생리가 갑자기 건너뛰는가 하면, 3개월이 지나도 생리가 비치지 않아

임신이 아닐까 걱정을 했던 적이 있다는 친구도 있다. 무엇보다 폐경기가 되면 여성의 감정은 기복이 심해진다고 한다.

나의 생리 주기는 21일 주기형이다. 중학교 때 초경을 시작한 이후로 임신기를 빼놓고는 그 날짜를 거슬러 본 적이 없다. 더군다나 생리 때마다 통증이 심해 귀찮다는 생각을 많이 했다. 그래서인지 폐경에 대한 두려움이 없었다. 오히려 홀가분할 것 같지만 막상 폐경이 찾아온다면 다를지도 모른다.

이미 한 달에 한 번씩 마술에 걸리던 일을 멈추게 된 여성들의 이야기가 떠올랐다.

"내가 여자가 아닌 것 같아."

"남편도 왠지 가까이 오는 걸 꺼리는 것 같고."

"다시는 돌아갈 수 없는 나라에 접어든 것 같아."

"할머니가 된 기분……."

곰곰이 생각해 보니 인사동에서 내 친구가 하던 말과 일맥상통하는 말이다. 그래서 인터넷에 들어가 폐경을 맞은 여인들이 극복한 이야기들을 읽어 보니, 결론은 폐경을 심각하게 받아들이는 마음이 더 문제라는 것이었다. 내 생각에도, 아니 스스로 다짐하기를 물 흐르듯 육체의 변화를 받아들여야 한다는 점이다. 그렇다면 우울증에 걸릴 필요도 없고, 주변인들과의 인간관계에서 삐걱거릴 일 또한 줄어들 것이다.

중년의 여성이라면 언젠가는 폐경기를 맞게 될 것이다. 반드시 맞아야 할 손님이라면 기꺼이 받아들이자. 나 역시 언젠가는 찾아올 손님이 머물 마음의 방을 준비해야겠다, 되도록이면 담담한 마음으로.
과연 그럴 수 있을까? 그건 나도 모를 일이다.

어쩌면 이번에는 거꾸로 내가 친구를 찾아가 그때 내가 네 심정을
너무 몰라줘서 미안하다고 말해야 할지도.

뚱뚱한 중년 여자의 작은 결심

나는 하루에 한 번 이상 마로니에 공원을 지난다. 전철이나 버스를 이용하려면 반드시 그곳을 통과해야 하기 때문이다. 공원을 지나다 보면, 가끔 아는 사람을 만난다. 동네 사람을 만나기도 하고 방송하면서 만났던 문화계 사람들과 조우하기도 한다. 대부분 눈인사 정도만 하고 지나가지만, 때로는 그동안 소식이 끊겼던 반가운 얼굴을 만나기도 한다. 그럴 때마다 길거리에 서서 환호를 지르며 그동안의 안부를 묻느라 바쁘다. 그런데 서로 명함을 주고받으며 다음에 만날 것을 약속하고 돌아서며 사람들이 내게 반드시 하는 말이 있다.

"왜 이렇게 살이 쪘어요?"

처음에 이 말을 들었을 때는 몹시 언짢았다. 내가 살이 찌고 싶어 찐 것은 아니지 않은가? 물론 몸관리를 잘못한 죄는 있지만, 오랜만에 만난 당신이 나의 살찐 아픔을 그렇게 적나라하게 꼬집어 말할 필요가 있는가? 속으로 원망했다.

그 말을 들은 날은 하루 종일 기분이 우울했다. 내가 '살찐 미련퉁이'가 된 것 같기도 하고 인생의 낙오자가 된 기분이 들기도 했다.

그러나 지금은 다르다. 내게 그 질문을 던지는 사람들은 절대로 악의가 담긴 뜻으로 말한 섯이 아니리는 것을 잘 알기 때문이다. 그들은 지금보다 10kg 정도 날씬했던 나의 과거 모습과 지금이 너무 비교되었기 때문에 자신도 모르게 한 말이었을 것이다.

뚱뚱하면 자존심이 상할 때가 많다. 우선 쇼핑의 기쁨이 절반으로 줄어든다. 뚱뚱한 여자가 백화점이나 유명 브랜드 숍에 들어가면 안내원들이 거들떠보지도 않는다. 모처럼 맘에 들어 입어봐도 되냐고 물으면, 아가씨는 고개만 까딱하고 만다. 부아가 치민다. 손에 들었던 옷을 팽개치듯 던져놓고 매장을 나온다. 그 다음부터는 매장에 들어가지도 않고 아이쇼핑만 하고 다녀야 하는 자신의 몰골이 너무 초라해서 절대로 백화점을 기웃거리지 않게 된다.

요즘은 살찐 여성들을 위한 옷가게가 생겨 호황을 이루기도 하지만, 어쨌든 예쁜 옷을 입어볼 수 있는 기회를 놓친 건 서글픈 일이다. 살이 찌면 왠지 주눅이 들 때가 있다.

3년 전만 해도, 날씬하지는 않지만 나름대로 건강미가 넘치는 몸매를 가졌다는 소리를 듣던 나는 매사에 자신이 있었다. 남들이 소화해내지 못하는 옷도 나름대로 코디를 잘 해 입었고, 개성 있는 액세서리로 나의 단점들을 보완할 줄 알았다. 뱃살이 나오지 않았을 때는 인터뷰하는 도중 옷자락으로 배를 가리기 위해 신경을 쓰지 않아도 되었다. 상대방의 눈을 직시하면서 자신 있게 질문을 하면, 그 역시 나의 질문에 성실하게 대답을 해준다. 당연히 일 역시 만족스럽게 끝낼 수 있었다. 그러나 지금은 사람을 만나기 전부터 나의 살찐 부위를 감출 수 있을까에 먼저 신경이 쓰인다. 그런 마음으로 사람을 만나면 왠지 주눅이 들 때가 있다. 그런 내 자신이 싫어 더욱 우울했던 적이 있다. 얼마 전까지는 말이다.

살이 찌면 사람들의 시선으로부터 벗어날 때가 많다. 뿐만 아니라, 이유 없이 무시를 당하기도 한다.

언젠가 친구에게 들은 말이다.

그 친구는 아이를 낳고 산후조리를 잘 못해서인지 그때부터 살이 무섭게 찌기 시작해서 지금은 '특별 주문한 옷'을 입을 정도가 되었다. 보기에도 몹시 힘들어 보인다.

지난 연말에 남편 친구들 부부 모임에 갔다가 그녀는 정말 죽고 싶을 만큼 모욕적인 일을 당했다고 한다.

"음식을 먹고 모두 노래방을 갔어. 다들 가수 뺨치게 잘 부르더라. 너도 알다시피 내가 음치잖아. 그런데 남편 친구들이 자꾸 한 곡 부르라고 해서 그나마 알고 있는 단 한 곡을 불렀잖니. 그런데 분위기가 썰렁한 거야. 조용한 분위기에 우리 남편이 한 마디를 던졌는데 그게 무슨 말인 줄 아니?"

나는 그녀의 얼굴이 너무 심각해서 뭐냐고 물을 수도 없었다. 그래서 가만히 얼굴을 쳐다보고만 있는데 그녀의 눈가에 물기가 흘러내리고 있었다.

"'창피해서 원……, 뚱뚱하면 노래라도 잘 불러야지. 다음에 내가 부부 동반 모임에 당신을 데리고 오면 성을 간다' 며 정말 쥐구멍이라도 찾고 싶어 하는 눈치인 것 있지?"

눈물을 흘리며 그 말을 하는 친구를 보며 나 역시 적잖이 충격을 받았다. 동병상련이랄까. 그 남편은 그 말을 해놓고 창피한 것이 조금 상쇄되었을까? 오히려 자기 얼굴에 침 뱉는 일이라는 걸 몰랐을까. 뚱뚱한 게 죄냐고, 그녀 대신 그 남편에게 묻고 싶었다.

살이 찐 건 자랑할 일이 아니다, 절대로. 그렇다고 누구에게나 대놓고 무시를 당하거나 모욕을 당할 일은 더더욱 아니다. 언젠가 신문에서 본 바에 의하면 태생적으로 살이 잘 찌는 체질이 있다고 한다. 나도 그 말을 믿는 편이다. 같이 사는 사람은 밤중에 밥을 먹고 자도 뱃살도 안 나오고 늘 똑같은 몸무게를 유지한다. 나는 그 옆에서 먹고 싶은 걸 참느라 애를 쓰다 그가 남긴 반찬 몇 가지만 먹어도 다음날이면 얼굴이 퉁퉁 분다. 그 부은 것이 살로 남는 게 나의 비극이다. 주위에 나와 비슷한 하소연을 하는 사람들이 의외로 많다.

살은 찌기 전에 철저히 관리해야 한다. 이미 우리 몸에 붙은 살을 떼어내는 일은 스토커를 물리치는 것보다 힘들다. 절대로 스스로 떨어져 나가지 않는다. 살을 빼기 위해서는 시간과 정성을 투자해야 한다. 그러나 살을 빼기 위해 무리하는 건 바람직하지 않다. 요즘 병원에 가보면, 주사로 살을 빼는 주부들이 얼마나 많은가. 실제로 우리 주변에 병원을 하는 몇몇 지인들은 '다이어트 주사' 놓아주고 받는 돈으로 병원을 유지해 간다는 말을 공공연하게 한다. 솔직히 말하면 내 주변에도 그렇게 해서 살을 빼는 사람들이 몇 있다. 나는 그들에게는 말하지 못했지만 마음속 깊은 곳에서는 '당장은 뺄 수 있을지 모르지만 나중에 또 찌면 그때는 어떻게 할 것인데?' 라고 묻고 싶다.

모든 일이 그렇지만 살을 빼는 것도 정도는 없는 것 같다.

'모든 일에 긍정적이고, 세 끼 시간 맞춰 잘 챙겨 먹으며, 꾸준히 운동하는 것' 을 교과서처럼 지키는 일 외에는 말이다.

나도 일하는 것처럼 운동하리란 결심을 실천할 것이다. 그러나 설사 다이어트에 성공하지 못한다고 해서 기죽어 살거나 왜소한 몰골로 살고 싶지는 않다.

언젠가 한 번 보았던 '아주 특별한 사람들의 패션쇼' 에 나왔던 살찐 여성들의 당당한 모습처럼 지금 나의 모습 그대로 개성을 살리며 살아가고 싶다. 육신이 살찐 만큼 영혼을 살찌우는 일이 살을 빼는 것만큼 중요한 일이라는 사실을 잊지 말아야 할 것이다.

여자 나이 마흔에 살찐 아줌마의 작은 결심이다.

여자의 우정, 섹스 없는 연애

"너희들이 왜 이렇게 좋은지 몰라. 남편보다 더 좋다니까……."

어떤 아줌마의 털털한 목소리가 들려와 나도 모르게 그쪽으로 눈을 돌렸다.

"미 투……."

어느 날, 강남의 한 식당에서 삼십 대 후반에서 사십 대 초반쯤으로 보이는 대여섯 명의 아줌마들이 쏟아낸 말들이다.

나 역시 그날 바로 옆 테이블에서 친구들과 모처럼 회포를 풀고 있었다. 우리들도 그들의 말에 공감한다는 뜻으로 잔을 높이 쳐들었다.

"맞아. 나도 남편보다 너희들 만나는 게 더 좋아. 말도 잘 통하고…… 시간 가는 줄도 모르고…… 스트레스 확 풀리고……."

어디를 가든 미인이란 소리를 듣는 친구가 말했다. 그녀와 나는 동갑이다. 그 친구는 전업주부 생활 10년 만에 밖으로 나와 남편의 동반자로 열심히 사업을 하고 있다. 좀 더 전문적인 지식이 필요해 환경대학원에 나가 공부하고 있다. 일과 공부, 그리고 자녀 양육을 하느라 눈코 뜰 새 없이 바쁘지만 우리들 만남에는 모든 일을 다 제쳐놓고 나온다.

우리는 서로 일을 하고 있기 때문에 주로 밤에 만난다.

가끔 서울 근교에 나가 시원한 생맥주를 마시면서 그간 살아온 이야기를 나누기도 한다. 남편에게 못할 말, 아니 남편에게 하고 싶지 않은 말도 우리끼리는 잘 통한다. 이야기는 밤을 새워 해도 끝이 날 것 같지 않다. 사소한 이야기도 그들과 나누면 대단한 일처럼 여겨진다. 그래서 기분이 좋다.

"남편과 여행을 가서 멋있는 풍경을 보면서도 언니들하고 꼭 같이 와야지 하고 있고, 맛있는 음식을 먹어도 언니들하고 와야지…… 한다니까. 같이 간 남편이 '당신 지금 그 말 일곱 번째다'라며 질투를 하더라니까."

그녀가 들뜬 목소리로 말하는 것을 보면서 '여자의 우정은 섹스 없는 연애'라는 말이 생각났다. 그녀의 얼굴이 너무도 화사했기 때문이다, 마치 연인 앞에 선 여인처럼. 그녀는 우리보다 어리지만 마음은 잘 통한다. 이 친구는 미국에서 오랫동안 살다 왔다. 지금은 벤처를 운영하는 남편의 비서 역할을 하고 있다. 전문 통역을 할 자격이 있는데도 자신의 아이를 직접 가르치느라 취직을 안 하는 엄마이기도 하다. 그녀는 비평가 기질이 다분하다. 똑같은 작품이나 사물을 보아도

평하는 수준이 사뭇 높다. 우리는 서로에게 스승이 될 때도 있고, 어리광을 부리는가 하면, 함께 깔깔거리기도 하며 우정의 탑을 쌓아가고 있다.

이상한 것은 다른 사람들 앞에서 남편 흉을 보면 내 얼굴에 침을 뱉는 느낌이 들지만, 그들 앞에서는 절대로 그렇지 않다는 점이다. 그만큼 서로 신뢰한다. 그들을 만나면 온몸에 엔도르핀이 도는 것 같다. 지치고 의미 없어 보이던 삶에 물기가 오르는 순간이기도 하다.

그들은 나의 동창이나 어린 시절 친구가 아니다. 자기 계발을 꿈꾸는 사람들의 모임에서 만난 인연일 뿐이지만, 지금 우리는 아주 행복하게 만나고 있다. 오랫동안 지속될 우정이라고 믿는다. 왜냐하면 성인이 되어 만난 사람들의 우정은 어느 정도 서로에 대한 검증 단계를 거쳤기 때문이다. 아예 코드가 안 맞는 사람들은 절대로 친해질 수가 없다는 걸 경험으로 알고 있다. 즉, 의식이 비슷하고 추구하는 방향이 같은 사람들이기 때문에 나이 들어 만난 사이라도 돈독해질 수 있다.

중년에 접어들면서 가장 눈에 띄는 현상은 외롭다는 것이다. 하지만 주위에 외로움을 나눌 만한 친구는 그리 많지 않다. 그래서 '동창회'가 성황을 이루는 것이 아닐까. 누구나 동창회에 한 번쯤은 나가 보았을 것이다.

"동창회 나가면, 일단 반갑지. 세월이 멈춘 것 같고. 옛날로 돌아간 것 같아 좋고. 아줌마, 아저씨의 모습 속에서 소녀, 소년의 모습을 기억해 내는 것도 즐겁고……. 그런데 거기까지야. 동창들과 나눌 소재가 너무 빈곤해. 나는 과거보다는 현재를 함께 나눌 친구가 필요하거든. 그런데 동창 중에는 그런 친구를 만나길 기대하지 말아야 할 것 같아."

얼마 전에 인사동에서 만난 또 다른 나의 친구가 한 말이다. 그녀는 부잣집 아이들이 많이 다니는 곳으로 유명했던 사립학교를 나왔다. 그래서인지 동창회가 활성화되었다고 한다. 그 친구도 동창회에 나오라는 주위의 성화에 못 이겨 몇 번 나갔지만, 지금은 참석하지 않는다고 했다. 동질감이나 공감대를 형성할 만한 상대가 없는 모임에 나가는 건 쓸쓸한 일이라는 그녀의 말에 공감이 간다.

"여자의 우정은 믿을 게 못 된다."

한때는 이 말이 정석처럼 여겨졌던 적이 있었다. 어쩌면 이 땅의 여성들은 이 말을 숙명처럼 여기며 살아왔는지도 모른다. 그러나 이 말은 맞지 않다. 우정으로 여자와 남자를 구별한다는 것 자체가 잘못된 것이다. 사람마다 각기 성격이 다르듯 우정에 대한 의식이 다를 뿐이라는 걸 대부분 살면서 느꼈을 것이다.

좋은 친구는 시간과 정성을 쏟아야 얻을 수 있다. 더군다나 나이 들어 만난 사람들은 더욱 그렇다. 처음에 만났을 때 잘 통한 것만으로 우정은 자라지 않는다. 동창이나 어렸을 때 만난 친구들은 그다지 많은 신경을 쓰지 않아도 관계가 유지된다. 그러나 길 위에서 만난 친구는 그것만으로는 안 된다. 서로에게 관심을 보여주고 챙겨주며 마음을 헤아려주는 배려가 필요하다.

외롭기 때문에 그 외로움을 나눌 누군가를 찾으며 사는 게 더 인간

적이라고 믿는다. 우리는 외로워 죽을 것 같으면서도 '외롭다' 는 표현을 쉽게 하지 못한다. '사랑한다' 는 말을 자연스럽게 하지 못하는 것처럼.

그러나 이제 우리는 말할 수 있어야 한다.

"나 외로워. 잠깐 얼굴이라도 보자."

이 말을 할 수 있는 친구는 있는지?

내 속을 훤히 다 보여줘도 좋을 친구 한둘은 있어야 여자의 마흔은 외롭지 않다.

나는 무엇을 재활용할까

나는 낙산 바로 아랫동네에 살고 있다.

전통적인 한옥도 몇 채 있고 건물들도 오래되어서 동네 분위기가 전체적으로 토속적이다. 그래서인지 우리 집에 처음 와본 사람들은 서울에 이런 동네가 있냐고 묻기도 한다.

우리 동네는 붙박이처럼 한 집에 눌러 사는 사람들이 많다. 나의 남편도 이 집에서 유년 시절부터 지금까지 살고 있다. 남편이 뛰놀던 이 골목에서 아들 둘도 걸음마를 배웠다. 골목의 맨 끝집인 우리 집에서 골목 입구까지 종종거리던 모습이 지금도 눈에 선하다. 골목이 좁아 차가 다니지 못하기 때문에 가능한 일이었다. 번잡한 대학로와는 달리 동네가 조용한 것도 모두 좁은 골목 덕이다.

올봄부터 우리 동네 골목이 꽃길로 변했다. 골목 입구에 들어서면 양쪽에 늘어선 꽃들의 환영인사를 받게 된다.

봄부터 여름까지는 보랏빛 도라지꽃, 닭의장풀, 부처꽃, 참나리꽃, 며느리밥풀꽃, 인동꽃, 애기부들, 무릇 등이 한창이더니, 요즘은 온갖 들국화들로 가득 차 있다. 낯익은 열매들도 처마에 주렁주렁 매달아 놓아 영락없는 산골의 초가다.

야생화를 심어놓은 화분 또한 이색적이다.

하얀 오지항아리에 수련이 피어 있고, 흙으로 가득 찬 폐타이어에 심어진 허브가 진한 냄새를 풍기고 있다. 넓은 접시에 무더기로 심어 놓은 무릇은 추억을 심어놓은 것 같다. 그뿐인가. 교회 건물을 타고 힘차게 뻗어 올라가는 박꽃은 지나는 이의 향수를 불러일으킨다.

그런가 하면, 꽃길 사이사이에 붉은 고추가 있고, 끝물 토마토가 달려 있다.

나는 꽃길을 지날 때마다 시골 들길을 걷는 착각에 빠질 때가 많다.

어느 날, 집으로 돌아오는데 환상의 꽃길을 만든 여인이 물을 주고 있었다. 언젠가 만나면 고맙다는 말을 하려던 참이었다.

"꽃이 너무 예뻐요. 동네가 확 사는 것 같고요."

"그냥 재활용하는 것뿐인데요, 뭘요."

꽃길을 만든 주인공은 삼십 대 후반의 후덕해 보이는 인상이었다. 일반 한옥을 개조해서 음식점을 만들 때부터 남다르다 싶었지만, 이렇게 동네를 변화시킬 줄 몰랐다. 그녀는 손님이 없는 시간에 나와서 꽃모종을 하거나 잡풀을 뽑아주고 가지 치기를 하는 등 꽃길 만드는 데 온갖 정성을 다 쏟았다. 한 사람의 수고가 많은 사람들에게 행복을 가져다준 셈이다.

꽃에 물을 주고 있던 여자의 입에서 '재활용'이라는 말을 들었을 때, 처음에는 쉽게 이해하지 못했다. 약간 금이 간 접시나 항아리, 폐타이어를 이용하기 때문에 재활용이란 말을 한 것일까. 단지 그런 것 같지만은 않았다.

"무얼 재활용하시는 건데요."

"우리 삶 전체가 재활용해야 할 것들이지요."

개량한복을 입고 담담한 표정으로 말하는 그녀를 보고 있자니 현실 속의 여도사를 만난 것처럼 잠시 정신이 몽롱해졌다.

아무튼 그 이후로 줄곧 '인생의 재활용'이란 말이 나의 화두가 되었다. 나에게 있어 재활용할 수 있는 것이 무엇일까. 그 순간 나의 뇌리를 스치는 것은 봉사활동이었다.

솔직히 말해 아이들이 중학교만 들어가면, 남아도는 게 시간이다. 물론 늘 바쁜 것처럼 살지만, 알맹이 없는 일들로 시간을 죽이고, 그 사실 때문에 자책할 때가 많다.

지금까지는 내가 가진 것, 나의 지식, 나의 건강을, 나와 내 가족만을 위해 사용했다면 이제부터라도 남을 위한 자원봉사를 해야겠다는 생각이 들었다.

나의 이런 생각을 굳히게 한 친구가 있다.

그녀는 늦둥이를 낳느라 잡지사 기자직을 그만두고 전업주부로 살았다. 만 3년간 집에서 아이 뒤치다꺼리를 하더니 도저히 집에만 있을 수 없다고 했다. 일을 하던 사람이라 집에서 시간을 보내는 것이 힘든 것 같았다. 언제부터인가, 그녀에게서 걸려오던 전화 횟수가 줄

어들었다. 좀 더 지나자 아예 소식조차 없더니 어느 날 불쑥 전화를
걸어왔다.

"야, 나 요즘 자원봉사한다."

"무슨 일 하는데?"

"책 읽어주는 여자"

"누구한테 책을 읽어주는데?"

"시각장애인을 위해 책 읽는 녹음을 하고 있어. 내 목소리가 워낙
죽여주잖니."

그녀의 목소리는 금방이라도 전화선을 튀어나올 것처럼 통통 튀었
다. 후줄근한 목소리로 세상 다 산 것처럼 말할 때보다 훨씬 나았다.

그녀는 중학생인 아들 때문에 학교 어머니회 일을 하다 자원봉사를
하게 되었다. 자원봉사를 계속하다 보면, 시에서 운영하는 자원봉사
자를 위한 교육 파트에서 정식 직원으로 일할 기회도 올 것 같다며 매
우 고무적이었다.

마음이 있는 곳에 길이 있다고 했다.

자원봉사를 하려는 생각만 있으면, 우리 주변에 할 일은 널려 있다.
장애인을 위한 사회기관이나 노인복지관은 언제나 인력이 부족한 상
태로 알고 있다.

자신의 달란트(talent)를 살려보는 것도 생각해 볼 일이다. 달란트란
자신이 가장 잘하는 분야를 말한다. 말을 잘하는 사람도 있고, 글을
잘 쓰는 사람도 있고, 노래를 잘 부르는 이도 있다. 자신이 좋아하는
일을 배우고 노력하다 보면, 남에게 가르칠 수 있는 기회도 오게 마련

이다. 실제적인 예가 있다.

어려서부터 가수가 되는 게 꿈인 여성이 있었다. 형편상 가수의 길로 들어서지 못했지만, 가슴 깊은 곳에 꿈에 대한 열망은 살아 있었다. 아이가 성장하면서 어느 정도 여유가 생기자 노래 교실에 나갔다. 노래를 잘하기도 했지만, 그녀의 열정적인 모습이 유명 강사의 눈에 띄었다. 나중에는 그녀에게 트로트를 취입할 기회가 생겼다. 꿈이 이루어진 셈이다.

그녀는 지금도 노인복지관에 불려다니며 어르신들을 즐겁게 해주고 있다. 자신이 좋아하는 노래를 맘껏 부를 수 있어 좋고, 목청껏 부른 자신의 노래를 듣고 인생 살맛 난다고 행복해하는 어르신들의 얼굴을 보아서 좋고, 알 먹고 꿩 먹고 아닌가.

자신의 전공을 살려보는 것도 좋을 것이다.

남자들은 돈벌이를 위해서라도 전공을 살리며 살고 있다. 가족을 부양한다는 건 이 세상 그 어떤 것보다 위대한 일이므로.

그러나 여자들은 장롱 속의 운전면허처럼 전공은 졸업과 동시에 잊어버리고 사는 경우가 많다. 심지어 자식이 "엄마 전공이 뭐예요?"라고 물어봐야 자신의 전공을 생각할 정도다.

신도시에서 '품앗이 과외'를 하는 어머니들을 많이 보았다. 각자의 전공을 살려 아이들을 가르치는 건 교육적인 면에서도 매우 좋은 방법이다.

내가 아는 어떤 문인은 대학원에서 고전문학을 전공했는데, 복지관

에 나가 어르신들에게 쉬운 한시를 읽어 드리거나 옛날이야기를 들려 드린다고 한다. 물론 무료 봉사다. 봉사를 한다는 것은 주는 것만이 아니라, 얻는 것이 더 많다.

여자 나이 마흔이 되면 세상에 무언가를 얻으려고만 해서는 안 된다. 지금까지 세상에서 많은 것을 받아왔기 때문에 내가 이렇게 여기에 서 있는 것이다.

여자 나이 마흔, 이제 세상에 뭔가를 돌려줄 나이가 되었다. 아직도 오직 세상으로부터 모든 것을 받겠다고 아옹다옹하는 것은 서글픈 일이다. 인생에서 재활용할 수 있는 것을 찾아나서야 하는 나이가 바로 중년 아닐까?

가라, 아들아

재수를 하던 큰아들이 올해 대학생이 되었다.

그 아들에게 여자친구가 생겼다. 아들은 연년생인 동생과는 달리 매우 내성적이다. 재수하느라 제대로 놀 시간도 없었지만, 밖에 나가 노는 걸 싫어하기도 했다. 같은 형제인데 어쩌면 저토록 성격이나 모든 면에서 다를까 의아할 때가 한두 번이 아니다. 그런 아들이 여자친구를 사귄다는 것이 믿기지 않았다.

어느 날, 아들이 여자친구를 집으로 데려왔다. 그녀는 아들과 같이 디자인을 공부하는데 매우 어른스러웠고, 내 아들이 깊이 빠질 만큼 사랑스러웠다. 아들은 여자친구 주변에서 떠날 줄 몰랐고, 평소의 차분한 성격과는 달리 매우 들떠 있었다. 그녀를 향한 아들의 마음을 충분히 읽을 수 있었다.

"나, 이제부터 보신탕은 절대로 안 먹을 거예요."

지난 말복이었다. 나는 방학이라 북경에서 나온 작은 아들과, 큰아들에게 보신탕을 먹으러 가자고 했다. 나는 아이들이 어렸을 때부터 보신탕을 자주 먹였다. 자라는 아이들에게 보신탕이 보약보다 낫다는 의사의 말을 들은 후부터다. 다행히 아이들은 보신탕을 맛있게 먹었다.

그런데 성색을 하며 이 말을 하는 아들을 보며, 나는 아무 말도 할 수 없었다.

"여자친구가 보신탕 먹으면 나와 절교하겠다고 했어요. 강아지를 키우거든요."

이유를 듣는 순간, 아들이 내 안에서 쑥 빠져나가는 듯한 느낌이 들었다. 배신감이었다.

어느 날, 대학생 아들을 둔 선배를 만나 이야기를 하던 중 '아들의 보신탕 사건'을 들려주었다. 선배는 그 정도는 약과라며 자기의 경험담을 말했다.

"아들이 여자친구를 사귄 지 6개월쯤 되어서인가, 어버이날이었어. 학교에서 들어오는 아들의 양손에 장미 꽃다발이 두 개가 들려 있는 거야. 동네 꽃집에서 파는 일반 꽃다발이 아니었어. 한 다발에 20만원쯤 돼 보이는 아주 고급스런 장미꽃으로 만든 것이었지. 나는 아들이 아르바이트를 해서 모아놓은 돈이 있다는 건 알았지만, 너무 비싸다는 생각이 들었어. 그래도 한 다발은 당연히 나에게 줄 것이라고 생각하고 목구멍까지 올라오는 잔소리를 꾹꾹 누르며 참았지. 그런데 이게 웬일이니? 그 녀석이 자기 방에서 옷을 갈아입고 나오더니 장미 두 다발을 몽땅 들고 나가려는 것이야. 나는 물었지.

'왜 장미 두 다발을 다 갖고 가냐?'

'하나는 여자친구에게 주고, 다른 하나는 여자친구 어머니께 주려고 샀는데……. 왜요?'

이 말을 남겨놓고 아들은 내 기분 따위는 아랑곳없이 밖으로 횡하니 나가버리더라. 그 순간, 왜 그렇게 서럽니. 나는 아무도 없는 집에 앉아 대성통곡을 했지 뭐. 너는 내 마음 이해할 수 있지?'

내 아들이 보신탕을 안 먹겠다고 한 것이나, 선배 아들의 장미꽃 선물이나 맥락은 같았다. 여자친구를 향한 열정, 아들 둔 엄마로서 느낀 배신감도 비슷했다.

우리는 아들 성토대회라도 나온 듯, 실컷 아들 흉을 보았다. 그러다 누가 먼저랄 것도 없이 서로의 얼굴을 쳐다보았다. 민망했다. 유치한 생각도 들고, 마치 아들의 사랑을 시샘하는 못된 시어머니가 된 듯싶기도 했기 때문이다.

그날 집으로 돌아오며, 많은 생각을 하게 되었다.

어느덧, 아들의 연인을 만나 묘한 감정을 느끼게 된 세월에 대한 회한이랄까. 사십을 훌쩍 넘은 내 나이가 새삼스럽게 느껴졌다. 지금까지 자식을 소유물로 여기며 키우지 않았다고 장담했지만, 실상은 그렇지 못했던 게 아닐까. 그깟 보신탕 안 먹겠다는 것 가지고 배신감 운운했던 내가 작아 보였다.

'고된 시집살이를 당한 며느리가 자기 며느리를 맞으면 더 심한 시집살이를 시킨다' 는 옛말이 떠올랐다.

내 남편은 몇 대 독자인지도 모를 만큼 자손이 귀한 집안의 장손이다. 세 살 때 아버지를 여의고 홀어머니 밑에서 자란 외아들. 나는 결혼 전까지 '홀어머니의 외아들' 에 대한 사회적인 편견조차도 생각해 본 적이 없었다. 아무런 준비 없이 사랑이라는 마술에 끌려 결혼을 한 것이다.

결혼 초, 사는 게 싫을 정도로 힘들었다. 가장 힘들었던 건 남편이 아직 어머니로부터 독립을 못했다는 점이었다. 경제적인 독립이 아니다. 성경에 보면 '남자가 부모를 떠나 그 아내와 연합하여 둘이 한 몸을 이룰지로다' 라는 구절이 있다. 여기서 부모를 떠난다는 건 정신적인 독립을 뜻하는 것이다. 남편의 홀어머니에 대한 무조건적인 복종 때문에 내가 감내해야 할 일들이 너무 많았다.

우선 시어른의 의식을 바꾸는 건 힘들다는 걸 인정해야 했다. 내가 환경에 순응하며 사는 것만이 가정의 평화를 위한 길이라는 걸 어렵지만 받아들였다. 그러면서 나는 결심했다. 두 아들을 떠나보내야 할 때, 나의 내면 깊은 곳으로부터 기꺼이 떠나보낼 수 있는 부모가 되겠다고.

전문가들에 의하면 고부 갈등의 근본 원인은 '자식을 떠나보내지 못한 부모' 와 '부모에게서 독립하지 못한 자녀' 의 관계에서 비롯된다고 한다. 모든 부모는 자기 아이를 사랑한다. 모든 아이는 자기 부모를 사랑한다. 하지만 모든 가족이 행복하지는 않다. 자식을 떠나보낼 때 떠나보내지 못하는 부모들 때문이다.

　스무 살짜리 아들의 사랑을 보며, 중년의 부모로서 준비할 것이 참 많다는 걸 새삼 깨달았다. 언제든지 아들에게 "가라, 아들아. 네가 꿈꾸는 삶 속으로"라고 자신 있게 말하려면 지금부터 떠나보내는 훈련이 필요한 것 같다. 내 아들에게는 불행한 삶의 유형을 대물림해서는 안 된다는 걸 다시 확인한 날이기도 했다.

어머니만 저희 집에 안 오시면 돼요

김 여사는 육십 대 초반인데 매우 세련되었다. 그녀는 남편과 명문 대학 동기동창인데다 부모님이 물려준 사업을 하며 아무 근심 걱정 없이 잘 사는 나의 이웃이다.

올봄에 하나밖에 없는 그의 아들이 결혼을 했다. 아들도 모교 후배인데다 새며느리도 모교 출신이라고 어찌나 자랑을 하던지, 귀가 따가울 정도였다. 결혼식 날 한복 입은 김 여사의 모습은 마치 앙드레 김 패션쇼에 나온 모델 같았다. 어깨에 힘을 주고 손님을 맞는 모습이 말이다.

아들이 신혼여행을 다녀온 뒤부터 김 여사는 동네에서 얼굴 보기가 힘들었다. 살림을 따로 내준 아들집을 드나들며 이것저것 챙겨주느라 바빴던 것이다.

"우리 며느리는 살림도 얼마나 야물게 하는지 몰라. 역시 머리가 좋은 여자는 뭐가 틀려도 틀리다니까."

그녀는 입만 열면 며느리 자랑이었다. 그건 욕할 게 못 되었으므로 묵묵히 들어주어야 했다. 걱정근심을 나누는 것만큼, 자랑하고 싶은 것을 들어주는 것도 이웃이 해야 할 몫이다. 그런데 며칠 전 김 여사가 병원 응급실에 실려갔다고 해서 몇몇이 병문안을 갔다. 김 여사는 푹 삶은 시금치처럼 축 늘어져 있었다. 그녀는 허물없이 지낸 이웃을 만나자 봇물 터트리듯 자신의 억울한 심정을 털어놓기 시작했다.

"며느리가 너무 예뻐서 무엇이든 사주고 싶었어, 정말로. 그래서 가장 갖고 싶은 게 뭐냐고 물었지."

나는 그녀의 변화가 쉽게 납득이 가지 않았다. 사실 그녀는 짠순이였다. 우리끼리 모여 냉면이라도 같이 먹으면 절대로 먼저 돈을 내는 적이 없었다. 각자 내자며 자신의 냉면 값만 달랑 내는 그런 여자였는데, 그 며느리가 예쁘긴 했던 모양이다. 그녀의 말은 계속 이어졌다.

"'어머니, 정말 말씀드려도 돼요?'라고 묻기에, 나는 내가 생각한 것보다 훨씬 비싼 것을 사달라는 줄 알았지. 그래도 사줄 생각이었어. 자동차를 사달라고 해도 그까짓 거 하나밖에 없는 며느리인데 못 해줄 게 뭐 있나, 싶었다니까. 그런데 며느리가 내 눈치를 보며 정말 말씀드려도 되냐는 말을 세 번 정도 하는 거야."

우리는 뜸들이지 말고 빨리 말하라고 했다. 당신이 쓰러질 정도면 심상치 않은 일이었을 것이다. 김 여사는 지금도 그때 일을 생각하면 간신히 뚫어놓은 혈관이 다시 터질 것 같은지 괴로운 표정이었다.

"글쎄, 그 앙큼한 것이 나한테…… 이러잖아. '어머니 저 아무것도 원하지 않아요. 그냥, 어머니만 저희 집에 안 오셨으면 좋겠어요.'"

그 말을 듣는 우리도 놀랐는데, 당사자는 쓰러질 만도 했다.

이십 대의 그 며느리는 돈도 필요 없고, 비싼 외제차도 싫다고 했다. 다만 시어머니라는 존재가 자신의 인생에 끼어들지 않았으면 좋겠다는 것이다.

나는 집으로 돌아오며, 어쩌면 김 여사의 예가 극단적이기는 하지만 신세대 며느리 상일지 모른다는 생각이 들었다.

나를 비롯해서 사십 대의 며느리들은 그야말로 낀 세대답게 살았다. 우리 세대의 남편들 중에는 스스로 자기 길을 모색한 사람들이 의외로 많다. 칠, 팔십 대의 부모들이 자식을 도와줄 마음이 없어서가 아니라, 도와줄 힘이 없었던 것이다. 아르바이트를 해가며 대학을 나와 취직한 사람도 부지기수였고, 일찍이 시장바닥에서 날품팔이부터 시작해 버젓한 자기 가게를 개업하기까지 대부분 부모에게 의존하지 않았다.

그러나 부모에게 받은 게 없다고 해서 그 부모를 내치는 자식은 없다. 오히려 고생하며 가난한 시대를 거쳐 온 부모를 극진히 모시는 것이 효의 근본이고 도리라고 여기며 사는 세대가 바로 사십 대이다.

"남자는 어머니와 아내가 물에 빠지면, 어머니의 손부터 잡아준다. 왜냐하면 아내는 또 얻을 수도 있지만, 어머니는 한 분밖에 없기 때문이다."

이 말을 정석처럼 여기며 살아가는 게 대한민국 남자의 정서였고, 그 남자들과 사는 아내들이 지켜야 할 절체절명의 덕목이었다. 시어머니가 아무리 부당한 말을 해도 벙어리 삼 년, 귀머거리 삼 년, 장님 삼 년으로 살라고 했다. 거짓말 같지만 나도 그런 말을 수없이 들으며 살아왔다.

우리 세대의 며느리는 마음속에서 우러나오는 일이 아니어도 순종하며 살았다. 그것이 가정을 지키는 일이기 때문이다. 그 세월 속에서 속이 시커멓게 타들어가도 참았다. 그러나 어쩌면 참으면서 산 세대는 사십 대로 끝난 일일 수 있다.

삼십 대의 며느리만 해도 시부모와의 갈등을 참으며 사는 경우는 드물다. 남자들은 아내의 의견에 못 이기는 척 따라간다. 시부모들 역시 한지붕 밑에서 같이 살며 금이 가는 것보다는, 떨어져 살며 가끔 만나 정을 나누는 것이 낫다는 식이다.

김 여사의 며느리는 조금 튀는 면은 있지만, 솔직한 그들의 마음을 표현한 것뿐이라는 걸 인정해야 할 것이다.

자식이 영원한 내 품안의 소유물이라는 의식을 버렸다고 하면서도, 여전히 옛 생각으로 아들집을 드나드는 시어머니를 좋아할 며느리는 그리 많지 않을 것이다. 그 말 한 마디에 충격을 받아 뇌출혈을 일으킨 김 여사도 딱하지만, 시대의 흐름이라는 걸 생각하면 그리 놀랄 일도 아니다.

새는 자라면 살던 둥지를 떠나 자신의 둥지를 짓는다. 젊은 부부에게도 독립적인 부부생활, 가족생활을 할 수 있는 자기들만의 물리적인 공간이 필요하다. 긴 세대로서 겪은 아픔 내지는 자유롭게 살지 못했던 삶을 내 자식에게서 보상받으려는 생각은 추호도 하지 말아야 한다. 지금 만약, 어머니와 아내가 물에 빠졌을 때, 물가에 선 아들은 누구를 먼저 꺼내줄까? 단언컨대, 그 아들은 어머니보다 아내를 먼저 꺼내줄 것이다. 왜냐하면 아내가 죽고 어머니가 산다 해도 어머니는 아들에게 아내의 역할을 해주지 못하기 때문이다. 또 아이들에게도 엄마의 역할을 제대로 할 수 없기 때문이다. 이게 바로 현실이다. 이 사실을 인정하고 나면 준비 없이 자녀에게 당한 말 한 마디에 그리 충격받을 일도 없지 않을까?

다 자란 아들 딸 때문에 충격을 받거나 서운함을 많이 느끼고 있다면 당신은 나이보다 더 늙었다는 것을 말해 준다. 낡은 가치관에서 벗어나지 못한 것이다. 나의 행복은 아들에 달려 있지 않고 나에게 달려 있다. 사십 대 중반이지만 아직도 살아갈 날이 사십 년이나 우리 앞에 남아 있기 때문이다.

제2장

여자 나이 마흔,
몸과 마음은 외롭다

갱년기는 나의 친구

마로니에 공원의 나뭇잎이 한껏 물이 올라 푸르름을 자랑하는 초여름이었다.

"경아…… 흑흑……."

전화선을 타고 설움에 복받친 울음소리가 들렸다. 미국 댈러스로 이민을 간 친구였다. 결혼하자마자 떠났으니 거의 20년 정도 된 셈이다. 남편은 그곳에서 학위를 받아 지금은 여기저기 다니며 설교도 하고 강의도 하며 나름대로 인정받고 살고 있다. 댈러스에서 낳은 딸은 벌써 대학생이 되어 집을 떠나 지금은 단둘이 살고 있다. 이 친구는 내게 가끔 전화를 걸어온다. 그때마다 힘들지만 꿋꿋하게 잘 살아가고 있다는 내용이었다. 심장 수술을 두 번이나 받았으면서도 오히려 나보다 더 긍정적으로 사는 친구였다. 그런데 느닷없이 전화를 걸자마자 통곡을 하니 놀랄 수밖에.

"나 갱년긴가 봐. 호르몬제 먹는 것만으로는 몸이 회복되질 않아. 지금은 가만히 앉아 있어도 등줄기에서 식은땀이 흐르고, 눈도 안 보여. 내가 그동안 수술받느라 몸이 완전히 갔나 봐."

나는 남편과 무슨 일이 있냐고 물었다. 갱년기라는데 남편과 무슨 일이 있냐고 물은 게 어쩐지 미안해서 가만히 듣고만 있었다.

"우리 남편, 너도 알잖아. 세상에서 가장 착한 남자라는 거. 아직도 날 사랑한다고 말하는 사람이야. 그런데 내 마음은 채워지지 않아. 어쩌면 좋니? 흑흑……"

친구가 울면서 하는 말을 듣고 보니 나와 증세가 비슷했다. 나도 최근 들어 식은땀이 나고 갑자기 열이 오르는가 하면 춥고 눈이 따끔거릴 때가 있었다. 나는 단지 피곤해서 그런가 보다 가볍게 생각했다.

예전에는 몸살이 나도 하루만 푹 쉬고 나면 괜찮았는데 지금은 쉽게 피로가 가시지 않는다. 나에게도 이미 갱년기 증상이 찾아왔는데 인식을 못하고 있었던 것일까? 내 친구는 그 증상에 예민한 반응을 보이며 눈물까지 보인 것이고.

"너, 댈러스에서 바쁘게 산다며? 뭘 그렇게 외롭다고 난리야. 나도 너랑 증상은 같아. 다만 느끼지 않으려 애쓸 뿐이지……."

일부러 친구의 눈물을 멈추게 하려고 냉정하게 말했다. 그날은 내 몸이 피곤해서인지 약간 짜증이 나기도 했다. 어느 정도 친구가 진정이 되자, 우리가 이미 여기까지 왔구나, 운동해서 아프지 말고 살자며 전화를 끊었다.

중년 여성이면 대부분 갱년기 우울증을 경험한다. 내 친구처럼 이 땅에 자기 혼자 남겨진 것 같고, 자기의 희생의 대가로 공부한 남편은 잘 나가는 것 같은데, 자신의 존재감은 없는 것처럼 허망한 나이가 바로 사십 대다.

하긴 옛날에 나의 어머니가 마흔 중반일 때의 모습을 보면서, '저 정도 인생을 살았으면 그만 살아도 되는 것 아닌가. 나는 늙기 전에 죽어야지'라고 생각했던 그 나이에 내가 서 있는 것이다.

나이 먹어가면서 남편이나 자식에게 외롭다고 매달리면 참으로 추레해 보일지도 모른다.

"예본아, 엄마는 네가 너무 보고 싶어 미치겠다."

나한테 전화를 한 그 친구는 어느 날, 다른 주에서 대학을 다니는 딸에게 수업중임을 알면서도 음성메시지를 남겼다고 한다.

"그러면 안 되는데 말이야. 나이 먹어가면서 이렇게 짐스런 엄마가 되어서는 안 되는 줄 알면서도 그게 쉽지 않으니……. 그래도 우리 딸은 나를 마치 아기 다루듯 달래줘. 아마 그래서 내가 점점 더 아이처럼 변해가나 봐."

이 말을 듣고, 외로움이 사람을 얼마나 나약하게 만드는가를 새삼 깨달았다.

나는 힘들 때마다 친구를 만나 위로도 받고 함께 큰소리로 떠들기도 하고 쇼핑도 하고 서점에도 나가 외로움을 떨쳐버리지만, 친구는 먼 이국 땅에서 정말 힘들게 갱년기를 맞고 있다는 생각이 들자 콧등이 찡했다.

내 친구는 마음의 병을 앓고 있다. 그녀의 남편이 마음과는 달리 몸시 바쁜 탓도 있을 것이다. 아내가 갱년기를 겪을 때 가장 도움이 되어주어야 하는 사람은 남편을 비롯한 그의 가족이다. 더군다나 이민 생활이 너무 힘들어서 딸 하나밖에 낳지 않았는데 지금은 곁에 없으니 그 쓸쓸함이 오죽할까.

친구가 외롭다고 울 때 함께 울어주지는 못할망정 원론적인 말로 정죄한 것 같아 전화를 끊고도 마음이 편치 않았다.

나도 바쁜 일이 끝나고 조금 한가로워지면, 땅거미가 내리는 것처럼 마음이 스산해질 때가 있다. 그럴 때 가장 내 마음을 알아줄 것 같은 사람에게 전화를 했던 적이 있다. 그쪽은 분주하고 바쁜지 빨리 전화를 끊어버렸다. 얼마나 섭섭하던지 눈물이 찔끔 나오려 했다. 마음이 약해졌다는 증거다. 예전에 나는 그렇지 않았다. 5년 전쯤만 해도 외로움은 나의 힘이라고 믿었다. 그것이 사실이기도 했고, 그 힘으로 지금까지 잘 견뎌온 셈이다.

그러나 이제는 조금 더 솔직해졌다고 할까. 나도 친구처럼 누군가를 붙들고 외롭다고, 말하고 싶다. 아니, 말할 수 있어야 한다. 여자 나이 마흔에는 말이다.

그것이 진정한 자기 표현이며 건강한 자아의 발상이다. 외롭다는 말을 쏟아놓는 순간에 안에서는 자신을 다지는 소리가 들린다. 결코 넘어지지 않는 내적인 힘을 충전하는 순간인 것이다.

어느 날 느닷없이 외로워 죽겠다는 나의 전화를 받을 친구가 있을 것이다. 미리 말한다, 삶을 견뎌내기 위한 몸부림이라고. 진정한 자유를 누리기 위한 부화 과정이라고. 나 또한 친구의 내면 깊숙한 곳의

고독까지도 함께 나눌 준비가 되어 있다. 그렇게 서로 어우르면서 갱
년기 우울증을 이겨 나가야 하는 것 또한 우리 여자들의 숙제 아닌가.

내 가슴이 짝짝이라는 것 모르지?

쉰이 넘은 나이지만 역동적으로 사는 문단 선배가 있다. 나는 그녀의 활기찬 모습이 시간과 노력의 산물이라고 생각했다. 강의하랴, 박사 과정 논문 준비하랴, 집필하랴, 눈 코 뜰 새 없이 바쁜 생활을 하면서도 열심히 운동한다는 걸 알고 있기 때문이다. 선배는 뒷모습만으로는 아가씨라고 느껴질 만큼 날씬한 몸매를 유지하고 있다. 얼굴 또한 건강미가 넘친다. 경우에 맞지 않은 일은 피하려 애쓰고, 선배로서 후배 문인들을 배려하는 마음 또한 깊다. 겉으로 보기에 그녀는 완벽하다.

"내 가슴이 짝짝이라는 것 모르지?"

"뭐라고요?"

"유방 말이야……."

어느 날 모임에서 만난 선배는 자기의 한쪽 가슴을 만지며 '공갈젖'

이라며 깔깔 웃었다. 충격적이었다. 그러나 선배는 남의 이야기 하듯 담담한 표정으로 말하기 시작했다.

"늘 소금물에 절은 것처럼 피곤했어. 바빠서인 줄만 알았지. 어느 날 퇴근하고 들어와 옷을 갈아입다 가슴 부분을 스치는데 뻐근하면서 기분이 몹시 나쁜 거야. 뱀이 지나갈 때 소름끼치는 것 같은 느낌이랄까. 아무튼 예사롭지 않은 느낌이 들었어. 밤새 뒤척이다 출근도 하지 않고 병원에 갔지."

선배는 유방 X선 검사를 받았고, 유방암이라는 결과가 나와 한쪽 가슴을 절제했다고 한다. 가슴 속에 그렇게 무서운 암 덩어리를 달고 다닌 자신이 원망스러웠단다. 나에게도 자가 진단을 꼭 해보라고 권하는 눈빛이 너무나 간절했다.

"유방암 수술을 받은 사람은 운동을 밥 먹듯 해야 해. 그때부터 운동을 열심히 했지. 운동이 약인 셈이야."

선배는 청천벽력 같은 병 이후에 삶이 바뀌었다고 한다. 우선 아무리 바빠도 운동을 빼놓지 않게 된 것이다. 몸이 건강하니 모든 것을 긍정적이고 감사한 마음으로 바라보게 되었다. 이 모든 것이 유방암이 준 선물이라고 한다. 선배는 지금도 한쪽 가슴을 마사지해 준다고 한다. 가끔 짝짝이 가슴이 드러나는 수영복을 입고 힘껏 물장구를 치기도 한다며 또 한번 호탕하게 웃었다. 그녀의 아름다움은 눈물로 빚은 보물이라는 생각이 들었다. 그 사실을 알고 나니 선배가 참 크게 보였다.

한국인 여성에게 가장 많이 걸리는 암은 위, 유방, 자궁, 대장, 폐, 간의 순이라고 한다. 이중 위암, 간암, 자궁암 등은 줄어들고 있는 반면, 폐암, 대장암, 유방암 등은 늘고 있다. 발암 물질 등의 음식을 섭취하는 것이 가장 큰 요인이며 환경적인 것도 무시할 수 없다니, 여성이라면 누구나 유방암으로부터 자유로울 수 없다.

나는 선배의 가슴 수술 이야기를 들은 후부터 가끔 나의 가슴을 만져본다. 멍울이 손에 잡히는지 자가 진단을 해보는 것이지만, 세월을 거슬러 올라가 추억에 잠기는 시간이기도 하다.

나는 아이에게 젖을 물리던 순간을 잊을 수 없다. 나는 준비 없이 아이의 엄마가 되었다. 그래서 늘 좌충우돌이었다. 그 당시 나에게 휴식을 주었던 시간은 아이에게 젖을 물릴 때였다. 아이가 힘차게 젖꼭지를 빨 때 느끼는 희열은 말로 감당할 수 없을 만큼 컸다. 아이가 젖을 빠는 동안, 나는 삶의 버거움을 덜어내고 있었는지도 모른다. 모든 시름과 고통, 혼란을 잊을 수 있었다. 내 가슴에 매달려 젖을 빨고 있는 아이가 있어 행복했다. 그뿐인가.

여성에게 가슴은 최고의 성감대이다. 나에게도 마찬가지다. 부드럽게 마사지하듯 스킨십 해주는 남편의 숨결을 온몸으로 감지할 수 있는 곳이다. 가슴은 정직하다. 상대방에 대한 분노나 미움, 갈등으로 가득 찬 날은 절대로 흥분하지 않는다. 가슴이 한으로 가득 찬 날은 그의 입김이 오히려 혐오감이나 자기 모멸감에 빠지게 하는 역할만 할 뿐이다.

중년이 되어서도 그 감정은 변하지 않는다. 상대방이 온몸으로 나를 사랑해 주고 있다는 느낌이 없는 한 여성의 가슴은 열리지 않는다.

오히려 젊었을 때보다 더 민감하며 예민한 것이 중년의 가슴일지도 모른다. 그러나 우리는 훈련되어 있지 않은 상태에서 부부관계를 하는 건 아닌지.

'애무를 많이 받아본 가슴은 절대로 병들지 않는다' 는 말이 있다. 우스갯소리로 하는 말이다. 그러나 농담만은 아니라고 생각한다.

외로움과 싸워야 할 중년에 섭어든 부부에게 육체의 밀착은 더욱 필요하다. 중년으로 접어들면서 어쩔 수 없이 텅 빈 가슴을 채워줄 사람이 부부 말고 또 있을까. 부부는 중년으로 접어들수록 사랑의 접촉이 많아야 한다. 그렇다고 섹스 지상주의를 부르짖는 건 아니다. 스킨십만으로도 충분하다. 그 안에서도 얼마든지 충만한 기쁨을 누릴 수 있다.

아름다운 가슴은 건강을 유지할 때 더욱 빛난다.

시간이 날 때마다 자신의 가슴을 만져보자. 멍울이 손에 잡히기 전에 예방하는 것이 더욱 중요하다. 지금까지 유방암 검사를 한 번이라도 받아보지 않은 사람은 꼭 해보자.

이 말은 유방암 검사를 한 번도 받아본 적이 없는 나를 향한 명령이기도 하다.

가정주부가 더 무서워요

　　나는 운전을 못 한다. 그래서 가끔 택시를 이용한다. 피곤이 너무 누적되어서 금방이라도 쓰러질 것 같을 때라든가, 다음 일을 위해 에너지를 축적해야 할 때다. 택시 안은 우리 사회의 축소판이다. 하루 종일 다양한 사람들을 만나는 운전기사가 때로는 날카로운 시사비평가처럼 느껴질 때도 있다. 나는 택시 안에서 들은 이야기를 작품으로 형상화하기도 한다.

　얼마 전 택시 운전기사에게 들은 이야기는 매우 충격적이었다.

　"이 직업 하면서 '밤일' 하는 아가씨들도 많이 태워보지만, 요즘 더 꼴불견은 가정주부예요. 밤늦게 술 먹고 해롱거리는 건 그래도 괜찮은 편이죠. 그런데 벌건 대낮에 남자들과 모텔에 들어가는 것도 거의 가정주부처럼 보이고, 노래방 도우미도 대부분 가정 있는 아줌마 같잖아요. 오죽하면 요즘 남자들이 윤락녀보다 가정주부가 더 무섭다는 말을 하겠어요. 윤락녀들은 정기검진이라도 받지만, 노래방 도우미는 검진도 받지 않고 윤락 행위를 하는 게 문제예요. 나도 노래방 도우미를 만났다가 임질 걸려 고생한 적이 있다니까요. 허헛……."

물론 내가 취재하는 것이라고 해서 솔직하게 말했는지도 모른다. 그 말을 듣자 마음이 편치 않고 분노가 일어 목적지까지 가지 않고 바로 내려 전철을 탔다.

요즘 소설 작품 속에도 노래방 도우미가 주인공인 경우가 많다. 분명 각기 다른 작가가 쓰고 스토리도 다르며 문체도 다른데, 주인공으로 나온 여자들의 삶은 비슷하다.

남편의 사업이 망하자 친구 따라 노래방 도우미로 나선 여자. 유치원에 간 아이가 돌아오면 맡아 달라고 옆집 여자에게 약간의 돈을 주고 나온다.

잠시 동안의 어색함은 금방 사라지고 노래방 분위기는 무르익어 간다. 손님이 2차를 요구한다. 2차를 나가면 두 배의 돈을 받을 수 있다. 내일까지 큰아이 학원비를 내야 한다. 몇 번만 손님의 요구를 들어주면 해결이 가능하다. 여자는 '애모'를 흐드러지게 부른다. 술 취한 남자의 손이 겁 없이 그녀의 가슴 속으로 들어온다. 여자는 눈을 질끈 감는다. 지난 밤 술 취해 들어온 남편이 다가와 몇 번 들썩거리더니 사정을 해 버리고 잠을 자던 모습이 떠오른다. 남자의 손에 힘이 들어간다. 여자의 아랫도리가 젖어든다. 가슴 속에 앙금처럼 남아 있던 양심마저도 집어던진다. 둘은 노래방과 연결된 여관으로 들어간다. 여자는 남편에게 얻지 못한 오르가슴을 느낀다. 택시를 타고 집으로 돌아오는데 남편이 아이를 업고 옥탑방으로 들어가고 있다. 여자는 망설인다. 자신이 저 뒤를 따라 들어가야 하는지…….

기존에도 결혼한 여자의 일탈 행위나 불륜을 소재로 한 소설은 많았다. 그러나 대부분 사랑이라는 환상을 쫓아 가정을 버린다거나 자신을 파멸시키는 경우였지 돈을 벌기 위해 몸을 파는 경우는 드물었다. 노래방 도우미를 하는 여자들의 이야기는 다분히 세태적인 소설이다. 즉, 현 사회의 현주소를 보여주는 것이다.

나는 일부러 노래방 도우미로 일하는 여성을 만나본 적이 있다. 그동안 방송이나 잡지 일로 취재를 많이 해보았던 경험을 최대한 살려 그녀를 만났다. 그녀는 복사꽃을 닮았다. 특히 오동통한 볼 살이 귀엽고 가녀린 몸을 가졌다.

그녀는 같은 직장에서 일하던 남자와 결혼한 10년차 주부다.

초등학교 2학년인 딸과 1학년 아들 연년생을 키우고 있다. 남편은 생필품을 조달해 주는 유통회사 사장이었다. 지방 출장을 다녀오다 잠깐 졸음 운전을 한 사이에 앞차를 들이박아 큰 사고를 냈다. 오랜 병원 생활을 하는 동안 보험처리도 제대로 안돼 생활고가 심했다. 할 수 있는 일을 찾아나섰다. 수퍼마켓에서 계산원도 해보고, 파출부일도 할 만큼 해본 셈이다. 얼마 전부터 남편은 병원비를 감당하지 못해 집에 와 누워 있다. 남편은 신경질만 늘어갔다. 아내는 짜증이 난 김에 친구들을 만났다. 그녀의 딱한 사정을 듣고 소개를 해준 곳이 바로 낙원동에 밀집한 노래방 도우미였다. 그곳을 찾는 사람들은 주로 일본 관광객들이었다. 그녀는 일본 노래 몇 곡을 배웠다. 한국 사람들을 만나는 것보다 낫다. 2차를 나갔을 경우 팁도 한국 남자들보다 쫀쫀하지 않은 점도 그들을 선호하는 이유 중 하나다.

"양심이요?"

"처음보다는 덜하지만 여전히 아이들 얼굴 볼 때마다 떨리지요."

그녀는 고개를 떨어뜨렸다. 그 모습이 안쓰러웠다. 그 아름다운 삼십 대 중반의 여자를 그 자리로 내몬 건 누구의 잘못일까. 그녀는 본디 끼를 타고난 것일까. 남편이 무능한 걸까. 아니면 돈에 눈이 먼 여자일까.

왠지 지친 그녀에게 인터뷰를 하자고 졸랐던 내가 잔인하게 느껴졌다. 내가 그녀에게 갖고 있던 호기심이 너무나 부끄러웠다.

나는 술값을 치르고 나오며 밤하늘을 바라보았다. 그녀가 노래방에 나오기까지 겪은 내적 갈등이 느껴졌다. 그동안 내가 따뜻한 방안에서 아무 생각 없이 내 가족과 나만을 생각하며 사는 동안 그녀는 아픈 가슴을 끌어안고 살았던 것이다.

그럼에도 우리들은 쉽게 소설 속의 화자로 '노래방 도우미'를 등장시킨다. 오늘 만난 택시 운전기사처럼 '노래방 도우미' 대부분이 가정주부일 거라고 도매급으로 매도하는 남자들을 볼 때 나는 폭발하는 분노를 참을 수가 없다. 그리고 울분이 솟아오른다. 택시 운전기사가 가진 시선은 과연 정당한 것일까. 윤락녀보다 싼 값에 도우미의 몸을 산 사람들은 남자들 아닌가. 그들의 가슴을 쉽게 주무르며 순간의 쾌락에 자신의 몸을 맡겼던 남자들에게는 책임이 없는 것일까.

대한민국 남자들에게 묻고 싶다. 당신이 진정 그녀에게 돌을 던질 자격이 있냐고. 경제적으로 어려움이 없다면 대한민국 가정주부 단 한 명도 노래방 도우미로 일하고 싶지 않을 것이다. 노래방 도우미! 그들은 이 시대가 낳은 기형아다. 내 동생 같고 복사꽃 같은 그녀의 운명이 너무 마음에 걸린다. 취재하지 말 것을 이제 와서 후회해야 소용없다. 좀처럼 잠이 오지 않는다. 한 시대를 함께 살아가는 여자라는 연대감 때문일까? 연민 때문일까?

애인 있으시죠?

나도 가끔 이런 질문을 받는다.

"애인 있으시죠?"

"애인 있으세요?"가 아니라 다분히 의도적인 의미가 담긴 질문이다.

"있으면 좋겠지요."

나의 답이다. 상대방은 다소 싱겁다는 표정이다. 솔직히 말해 영화나 소설 속의 이야기처럼 달콤한 사랑을 나눌 수 있는 애인이 있으면 좋겠다는 생각을 해본 적이 없다면 거짓일 것이다.

늘 같은 반찬을 먹는 것보다는 가끔 외식을 하면 색다르듯이 사람도 마찬가지일 것이다. 비 오는 날, 양수리나 가까운 외곽 도시를 드라이브도 하고 영화도 같이 보고 넋두리도 들어줄 수 있는 남편 외의 남자를 만난다는 것은 생각처럼 쉬운 일이 아니다.

나는 내게 당연히 애인이 있을 거라고 넘겨짚으며 말하는 사람에게 거꾸로 물을 때가 있다.

"어디 가야 애인을 만날 수 있어요?"

"그야 많죠."

"비법 좀 알려주세요."

"아, 요즘 산에 한번 가봐요. 등산객 중의 설반은 딴 맘 먹고 올라온 사람들이지. 실제로 산에서 만나 연애한다는 사람들도 많고, 골프 치러 가는 것도 마찬가지고, 동호회다 동창회다…… 마음만 먹으면 모두가 연애하기 좋은 세상인 줄 모르는 사람이 어딨어요."

알면서 내숭떨지 말라는 식이다.

그런데 참으로 모를 일이다. 내 주변에 있는 사람들에게 애인 있냐고 물어보면, 대부분 나와 흡사한 대답을 한다. 거짓이 아니다. 실제로 애인이 있는 친구는 별로 없다. 나는 그들의 말을 믿는다. 왜냐하면 애인이 될 만한 남자를 만날 기회가 여자들에게 그리 많지 않다는 걸 알기 때문이다.

그야말로 인터넷 채팅을 해서 남자를 만난다고 치자. 나처럼 의심 많고 사람을 믿지 못하는 사람은 시도조차 하지 못할 것이다. 그렇다면 일 때문에 만나는 사람 중에서 골라봐? 남자가 물건인가. 그것도 쉽지 않다. 누구 말마따나 성인전용 나이트클럽으로 진출해 볼까. 그건 더욱 아니다. 춤도 못 추지만 그런 곳에 갔다가 패가망신한 이야기는 듣는 것만으로도 끔찍하다.

등산을 가거나 동호회 활동을 하다 보면 자연스럽게 만난다고 하지만, 그것도 일부일 것이다.

그런데 어떻게 대부분 애인이 있을 거라고 볼까. 궁금하지 않을 수 없다. 나는 이 모든 것들이 드라마나 언론의 부추김이라고 생각한다. 어쩌다 드라마를 보면, 옛 애인과의 만남이라든가, 직장 내의 불륜 등이 주를 이룬다. 평범한 삶을 사는 사람들이 드라마나 영화를 보다 보면, 누구나 다 저렇게 사는데 나만 맨송맨송 사는 건 아닌지 착각이 들 정도다.

아주 최근에 드라마 같은 연애를 한다고 고백한 지인이 있다.

그녀는 중매로 결혼을 했다. 본인은 전문대학을 나왔지만 돈 있는 친정 덕분에 명문 대학을 나온 남자들에게 중매가 많이 들어온 모양이다. 그중에 가장 학벌이 좋은 남자와 선을 보았다. 그녀는 대학 다닐 때도 연애 한번 제대로 해본 적이 없어 남자에 대해 잘 아는 게 없었다. 첫 만남에서 그가 많이 배웠다고 잘난 척을 하지 않는 점에 끌려서 선 본 지 한 달 만에 식까지 올렸다. 남편은 정부 지원금을 받아 벤처를 운영했다. 사업이 잘 되었고, 승승장구 출세의 가도를 달렸다. 겉으로는 문제가 없을 것 같은 부부였다. 그러나 그녀는 시든 채소처럼 늘 처져 있었다. 도대체 남편과 얼굴을 마주 볼 시간이 없었다. 어찌 아이는 낳았지만 한 달에 한 번도 부부관계를 한 적이 없었다. 남편은 낮에는 일하느라 바쁘고 밤에는 도박과 노름 등 온갖 잡기에 빠져서 집에 들어오지 않는 날이 더 많았다. 그때부터 그녀의 눈에는 남편의 단점만이 들어왔다. 남편은 외모만 왜소한 게 아니라,

속도 좁아터졌다. 어쩌다 집에 있으면 남편은 고문관으로 변했다. 콩나물 값은 물론 불현듯 냉장고 검사까지 했다. 그녀는 점점 사는 게 싫어졌다. 급기야 심한 우울증에 빠지고 말았다.

그때 '밖의 남자'가 생긴 것이다.

우연히 친구의 소개로 만났는데 남편의 조건만큼 형편이 좋은 남자는 아니었다. 고등학교를 나와 직업 군인으로 20년 이상 근무한 사람인데 매우 섬세한 성격을 가진 남자라고 한다. 그녀의 말에 의하면 둘의 만남은 '불륜'이 아니라 '사랑'이라고 했다. 그녀의 남자 역시 아내 때문에 받은 상처가 많은 사람이었다고 한다. 둘 다 아이들 때문에 이혼은 하지 않았지만, 별거 부부나 다름없었다. 서로의 상처를 핥아주고 보듬어주다 보니 헤어질 수 없을 만큼 깊은 관계가 되었다고 한다.

"그는 있는 그대로의 내 모습을 사랑해 주는 남자야. 남편 앞에 있으면 내가 왜소해 보이는데 그 남자 앞에서는 왠지 당당해져. 나 지금 그를 만나는 거 장난이나 한때의 바람이 아니야. 그도 마찬가지고. 우리는 언젠가 같이 살 거야. 물질은 없어도 괜찮아. 학교 앞에서라면 장사를 하면서도 살 수 있다고 생각해. 나, 지금 목숨 걸고 사랑하는 거다."

내가 생각해도 결혼한 사람들이 누군가를 만난다는 건 전 생애를 걸지 않으면 안 될 것 같다. 그만큼 위험한 일이다. 사실 이 고백을 한 친구도 마음이 편치 않은지 가끔 술에 취해 울면서 전화한다. 오죽하랴. 마음은 늘 지옥과 천당을 오갈 것이다. 그 어려운 일을 시도

해 보겠는가? 스스로에게 물어본다. 그 순간 나는 고개를 가로젓고 만다. 그럴 만한 가치를 따지기 전에, 그런 상대를 만나는 일이 힘들 것이다.

이 땅의 사십 대 남자들의 현주소는 어디인가.

학교 졸업하고 곧바로 직장에 들어가 일에 파묻혀 한시도 쉴 새 없이 달려온 사람들 아닌가. 결혼이란 관문은 그들에게 가족 부양이라는 무거운 짐을 어깨에 얹어주었다. 남자들은 가족의 행복을 위해 자신을 돌보기보다는 경쟁과 전진이라는 두 단어의 무게에 짓눌려 살아왔다. 그들에게 낭만적인 삶이나 자기 계발이라는 말은 그림의 떡일 수밖에 없다. 그동안 남편이 벌어다 준 돈으로 여자들은 나름대로 여가 활동을 하면서 재충전을 해온 셈이지만 남자들은 전혀 그렇지 못하다. 생활에 쫓겨 늘 허덕이며 사는 남자들에게 여자들이 원하는 연애의 조건을 만족시켜줄 에너지가 남아 있을까. 나는 회의적이다.

연애는 심리전이다. 상대방이 무엇을 원하는지 눈만 봐도 알 수 있다는 건 정으로만 되는 것이 아니다. 여유가 있어야 한다. 아름다운 연애를 위한 준비도 없이 남자와 여자가 만나면, 어둡고 음침하며 본능적이다. 그런 관계라면 차라리 혼자 외로운 게 낫다.

이 땅에서 목숨을 걸고 사랑할 정도의 사람을 만난다는 건 기대만큼 쉬운 일이 아니다. 그리고 마흔은 무모한 사랑에 열정을 쏟을 만큼 한가하지 않다. 그렇게 사랑에 미숙하지도 않다.

G-스팟을 아세요?

외국에서 오랫동안 살다 온 친구가 있다.

그 친구와 만나면 언제나 풍성한 이야기를 나눌 수 있어
즐겁다. 그 친구를 비롯해 다른 친구와 점심을 먹고 이런저런 이야기
를 나누던 중, 뜻하지 않게 부부관계로 이야기가 흐르게 되었다.

"너는 G-스팟을 아니?"

그 친구의 느닷없는 질문이었다.

"얼마 전에 동창 몇이 우리집에서 1박을 했거든. 그런데 걔들에게
내가 G-스팟을 아냐고 물었더니, 대부분 모르고 있더라. 알고 있는 애
도 있긴 한데, 그 친구는 나를 마치 색광 쳐다보듯 하는 거야……"

나는 솔직히 말해 그 말을 들어본 적이 없다. 그래서 사실대로 말했
더니 의외라며 호들갑을 떨었다.

"진정한 오르가슴은 G-스팟이지. 그 맛을 모르고 어떻게 섹스를 하

는지 몰라. 호호."

물론 농담처럼 한 말이지만, 묘한 기분이 들었다. 내가 마치 미개인인 것 같기도 하고 무지한 것 같기도 했다.

무엇이든 마찬가지지만, 관심을 가지면 그쪽에 대한 정보들은 어디에서든 찾을 수 있다. 주위 사람들도 이미 G-스팟이라는 용어에 꽤 익숙해 있었다. 나는 인터넷이나 전문가의 책을 읽으며 나름대로 G-스팟에 대해 정리해 보았다.

G-스팟은 1950년 경 독일의 산부인과 의사인 그레펜버그가 발견한 여성의 성감대이며, 여성의 질 입구로부터 3~4cm 안쪽의 상부에 위치한 달걀꼴 모양으로, 크기는 완두콩 만하다는 것, 이곳을 자극하면 여성들이 절정에 이르는 과정에서 하얀 액체를 요도에서 분비한다고 알려진 점이 공통된 정보였다. 그러나 아직 G-스팟의 존재 여부는 정확히 알려지지 않은 상태라고 한다.

결국, 부부생활을 하는 사람들이라면 누구나 경험하며 살아가는 것을 용어만 몰랐을 뿐이다. 부부생활에서 자신이 절정의 순간을 맛보고 그 안에서 환희를 느꼈다면 G-스팟을 경험한 것이라고 나름대로 정의를 내리고 나니 부끄러울 것도 없고 내가 미개인이 아니라는 것도 증명된 셈이다.

아줌마들이 모여 나누는 성담론은 G-스팟뿐만이 아니다. 특히 친구들이 모이면 더욱 그렇다. 성에 대한 관심은 나이를 초월한다.

"우리 동네 아줌마가 그거 수술했더니 바람난 남편이 돌아왔대."

이 말은 여성 잡지에 나오는 광고가 아니다.

어느 날, 친구들이 모여 밥을 먹으며 나눈 이야기다. 여기에 나오는 '그거 수술'이란 미루어 짐작했겠지만 일명 '이쁜이 수술'이다.

여자들의 관심은 끝이 없다.

"수술하면 처녀 때로 돌아갈 수 있을까?"

"요실금도 막을 수 있고, 남편이 정말 좋아한다는데."

"비용도 만만치 않고, 애 낳은 것처럼 몸조리해야 한다는데, 정말일까?"

삼십 대에는 나누지 못했던 이야기들을 자연스럽게 하게 된다. 부부간의 성 트러블에 대한 이야기도 솔직하게 털어놓는 나이도 바로 사십 대다. 그러나 모두 관심만 있을 뿐, 어느 누구도 직접 수술을 받거나 상담을 받아본 친구가 없었다.

그런데 얼마 전에 한 친구가 우리들의 궁금증을 일시에 풀어주었다. 그 친구는 한 살 연하의 남자와 결혼했다. 그래서인지 외모에 신경을 많이 쓰는 편이다. 그녀는 남편 대학 동창들의 부인 중에 자기가 가장 나이가 많아 신경이 쓰인다고 하더니 드디어 일을 저지르고 말았다.

그 친구와 내가 나눈 대화를 그대로 옮겨본다.

나: 수술 시간은 얼마나 걸렸어? 아프지 않았니?

그녀: 부분 마취하고 성형하는 데 걸리는 시간은 1시간 정도밖에 안 걸렸는데, 병원에 4시간 정도 누워 있다 나왔어.

나: 성형이라니? 이쁜이 수술을 성형이라고 부르니?

그녀: 참, 너희들에게 꼭 해주고 싶은 말이 있어. 나도 병원에 가서야 안 사실이야. 이쁜이 수술과 질 성형수술과는 차원이 다른데, 대부분의 사람들은 같다고 생각하지. 나도 그랬으니까.

나: 정말? 나도 몰랐네. 어떻게 다른데?

그녀: 한 마디로 말해 이쁜이 수술은 질 입구와 점막만을 수축하는 수술이라고 보면 돼. 그런데 별로 효용성이 없다네. 금방 질이 이완될 수 있다는 것이지. 때로는 질을 너무 좁혀 놓아서 성 통증을 호소하는 사람들도 있고……. 내가 받은 질벽 성형수술은 늘어진 질 점막은 물론 질과 항문을 받치고 있는 근육까지 교정해 주는 것이야. 그래서 이쁜이 수술보다는 훨씬 영구적이래. 비용면에서 조금 더 비싼 편이긴 하지만. 물론 몸조리해야 해. 수술받고 한 달은 몸 관리 잘 해야 한다.

나: 효과가 있는 것 같아?

그녀: 흠……. 상상에 맡길게. 그런데 왜 그토록 산부인과에 이 수술을 받겠다고 온 여자들이 많은지 그 이유를 생각해 보면 알겠지?

수줍은 듯하면서도 한편으로는 미지의 세계를 개척한 사람처럼 이야기하는 친구의 모습이 당당해 보였다. 보다 더 만족스런 부부생활과 자신의 정신 건강을 위해서 시간과 돈을 투자했다는 그녀가 멋져 보였다.

우리 어머니 세대는 이쁜이 수술이라는 말을 듣는 것조차 꺼려했다. 그의 딸인 사십 대의 나도 이제야 질벽 성형수술이 있다는 걸 알았으니 당연한 일이다. 아무리 성 개방 시대에 산다고 해도 우리 세대까지는 성에 대해 닫힌 세상에서 산 셈이다. 그래서 궁금했던 것도 많고, 질 성형수술을 받은 친구가 신기하게 보일 수도 있다.

성은 다분히 개인적인 것이다. 그러므로 각자 성에 대한 견해도 다르다. 그 다름에 대해 이해하면 모든 상황이 특별하게 보이지 않는다. 그러므로 G-스팟을 중요시 여기는 친구도 이해되고, 질 수축 성형수술을 한 친구가 멋져 보일 수도 있는 것이다. 여자 나이 사십에는 말이다.

'남자나 여자 모두 마흔이 넘으면 성욕이 없어지는 나이' 라는 말은 편견이다. 오히려 섹스는 사십에 완성된다. 여유로우며 로맨틱한 섹스를 즐길 수 있는 나이가 언제인가 생각해 보라. 임신에 대한 부담이나 두려움 없이 서로에게 몰입할 수 있으며, 마음으로 다가갈 수 있는 성숙한 단계가 바로 이때다. 더군다나 서로의 몸에 대해 가장 잘 아는 나이가 바로 사십 대 아닌가.

이혼한 부부 중에 "성격이 안 맞아 헤어졌다"는 말은 십중팔구 "성이 안 맞아 헤어졌다"는 말일 것이다. 부부생활을 해본 사람이면 미루어 짐작할 수 있다.

만족한 성생활은 활기찬 삶과 연결된다. 특히 사십 대에 찾아온 가슴 속의 바람, 외로움을 잠재우는 특효약으로 부부간의 침실 대화와 살과 살끼리의 만남을 빼놓을 수 없다. 그것이 만족될 때, 흔들리는 바람도 잔잔해질 수 있다. 외로움의 다른 표현은 행복하고 싶다는 몸부림이다.

혹, 최대의 극치감을 느끼기 위해서라면 G-스팟을 찾는 작업을 해보는 것도 좋을 것이다. 내 친구처럼 질벽 성형수술을 해서 더 행복할 수 있다면 그것도 좋은 방법 중의 하나가 아닐까.

그러나 끝까지 우리가 놓치지 말아야 할 것은, 진정한 오르가슴은 마음에서부터 시작된다는 점이다. 특히 이 땅의 남편들이 여성의 최고의 성감대가 마음이라는 사실만 기억한다면, G-스팟을 건드렸을 때처럼 황홀한 부부관계를 유지할 수 있을 것이다.

중년일수록 섹스를 더 자주 하라.

이 말이 담긴 책이 왜 잘 팔리는 것일까?

중년의 소망을 너무도 당당하게 말했기 때문일 것이다.

밥하다 나온 아줌마는 무시해도 된다?

 대한민국에서 아줌마로 산다는 건, 많은 걸 요구한다. 자신에 대한 철저한 관리 없이는 쉽게 무시당하거나 부당한 대우를 받기 십상이기 때문이다.

아이들이 커서 놀이방에 보내고 나니 일이 하고 싶었다. 그때 마침 방송 리포터를 해보지 않겠냐는 제의를 받았다. 주로 사건 현장이나 주목받은 인물 취재를 했다. 취재뿐 아니라 편집도 직접 하고 생방송도 했다. 새롭고 흥미로웠다. 새로운 취재원을 만나는 일, 내가 전혀 경험해 보지 못했던 일들을 만나는 건 새로운 도전이었다. 나중에는 방송 원고를 쓰는 일까지 하게 되었다. 내가 쓴 글이 유명인의 목소리를 타고 전국뿐 아니라 외국에 나가 있는 교민들에게까지 전해진다는 생각을 하면 신이 났다. 일 때문에 만나는 사람들과 교분을 쌓아가는 것도 소중했고, 늘 새로운 일을 창조해 낸다는 것이 좋았다.

그러나 방송은 한 번 전파를 타고 나면 그만이다. 물론 인터넷으로 다시 들을 수는 있지만 그건 영원하지 않다. 내가 밤새도록 심혈을 기울여 쓴 글이 단 몇 시간 만에 사람들의 기억 속에서 사라지고 만다는 사실이 나를 못 견디게 했다. 때로는 큰언니처럼, 혹은 친구처럼 대해주는 MC나 방송 스태프들이 아니었다면 그만두고 싶을 만큼 허무했다. 가슴 속에 일렁이는 바람을 막아줄 무엇인가가 필요했다. 그때 택한 것이 '소설'이었다. 소설은 허구다. 허구를 환상의 집 속으로 끌어들이는 작업을 혼자 하기에는 너무 벅찼다. 누군가의 도움이 필요했다. 그 당시 꽤 유명했던 작가가 강의를 하는 곳이 있었다. 문화센터였다. 내 문학에 대한 열정에 불꽃을 태워줄 것이라는 기대를 안고 등록했다.

문화센터는 아줌마들의 학교이며 사교장처럼 보였다. 처음에는 적응하기 힘들었지만 나의 필요에 의해 택한 곳이기 때문에 그곳의 분위기에 맞추려고 애썼다.

소설을 배우러 온 여자들의 형태는 다양했다. 미국에서 오랫동안 살다 소설이 쓰고 싶어 무작정 나온 열성분자도 있고, 오랜 시집살이를 소재로 장편소설을 쓰고 있는 미모의 여자도 있고, 대학원에서 국문학을 전공하고 어느 정도 소설도 써본 적이 있는 여자도 있었다. 열 명쯤 되는 여자들의 수준은 웬만한 대학원 정도의 지적인 능력을 가진 사람들이었다. 그래서인지 수업 분위기는 매우 좋았다.

한 분기가 지나고 다음 분기가 되자 새로운 사람들이 들어오기 시작했다. 그중에 사는 게 지겨워 그냥 바람이나 쐴 겸, 잘 나가는 소설가가 강의를 한다고 해서 나왔다는 여자가 있었다. 그 여자는 뒤풀이 때마다 강사의 비위를 맞추느라 정신이 없었다. 나는 낯설었지만 이 바닥의 풍조가 그런가 보다 했다. 선생과 그녀가 연애를 하고 있다는 소문이 나돌았지만 별 관심이 없었다.

언제부터인가 그녀와 선생이 삐거덕거렸다. 기류가 심상치 않았다. 선생은 그녀를 노골적으로 비난하기 시작했다. 작품평을 하면서도 작품 외의 인신공격까지 했다. 소설을 된장찌개 끓이는 것쯤으로 생각하느냐는 등 남편 와이셔츠나 빳빳하게 다려주라는 등 심하다 싶을 정도였다. 급기야 더는 가르칠 수 없으니 이 교실에 나오지 말라는 말까지 했다. 이해할 수 없는 상황이었지만 나와는 직접적인 관계가 없었으므로 달리 할 말이 없었다.

어느 날 그녀에게서 메일이 날아왔다. 여기서 자세한 내용은 공개할 수 없지만, 다만 그녀는 선생에게 농락당했다는 것이다. 그녀의 말이 백 퍼센트 진실이라고 믿고 싶지는 않았다. 어떤 일이든 한 사람의 말만으로는 진위를 가릴 수 없으므로. 그녀는 함께 공부한 모든 사람들에게 똑같은 메일을 보냈던 것 같다. 그것으로 보아 그녀가 단단한 각오를 하고 진의를 말하는 것이라는 생각이 들었다.

메일을 같이 받은 사람들끼리 모여 이야기를 한 결과, 모두 문화센터를 그만두자는 것이었다. 왠지 오물을 뒤집어쓴 듯한 곳에 더는 머물 이유가 없다는 데 의견 일치를 보았다.

개인의 사생활은 간여할 바가 아니다. 하지만 문학작품을 봐준다는 식으로 수강생을 사적으로 만난다는 것, 그것 또한 작은 문화 권력의

횡포가 아닐까. 문화센터에 나온 사람들 중에는 신춘문예나 각종 문예지의 등단을 목표로 삼은 수강생들이 많다. 따라서 그냥 간과해서는 안 된다고 생각했다. 순수한 문학에 대한 나의 열정이 밟힌 것 같아 몹시 우울했다. 그런 사람에게 뭔가를 배우러 나간 내가 바보처럼 보였다. 결국 그 당시 수강생 모두가 즉시 문화센터를 그만두었다.

그 후의 소식은 모른다. 하지만 나에게 메일을 보냈던 그녀가 내게 한 말은 영원히 잊을 수 없다.

"내가 밥하다 나온 아줌마여서 우습게 보았던 것 같아요."

그 후에도 문화센터나 여성들을 대상으로 강의를 하는 곳에 대한 이야기를 종종 듣는다. 문학 강의, 그림, 원예, 꽃꽂이 등 뭔가 배우러 나온 여성들을 마치 자신들의 봉처럼 여기는 선생들에 대한 불미스런 이야기들이다. 구체적으로 말하기 시작하면 낯이 뜨거울 정도다.

쥐꼬리만 한 지식이나 경험을 내세워 순진한 아줌마들의 주머니를 넘나보는 불한당 같은 선생도 있고, 모든 여자들을 마치 자기가 마음만 먹으면 하룻밤 자는 것쯤 대수롭지 않게 여기는 남자 선생들도 있다는 것이 그저 소문일 뿐일까?

물론 그들의 유혹을 뿌리치지 못한 여자들에게도 문제는 있다. 그러나 스승이라는 가면 속에 감추어진 늑대의 실체를 발견하기는 쉽지 않다. 이미 발견했을 때는 상처를 다 받은 후일 수도 있다. 이해할 수 없는 것은 무수한 염문 속의 주인공들이 지금도 버젓이 문단이나 화단에서 황제처럼 군림하고 있다는 것이다.

이제 더는 순수한 동기로 배움의 길을 찾아나선 아줌마들을 봉으로 보는 남성들 이야기는 듣고 싶지 않다. 나아가 그런 사람들이 누군가를 가르치는 행위가 용납되어서는 안 될 것이다.

대한민국에서 아줌마로 사는 것은 이렇게 무시당하는 것을 당연한 것으로 각오하면서 살아야 할 때가 많다. 무시당하지 않고 살려면 자신이 정신을 바짝 차려야만 한다. 작은 관심이나 칭찬에 마음이 무너져서는 안 된다. 그러나 여기저기서 들리는 소리는 여전히 많은 내 또래 여성들이 그런 것에 무너져 내린다는 것이다. 그녀들은 다른 사람의 인정이나 칭찬에 목말라 있었던 것은 아닐까?

'그나저나 밥하다 나온 아줌마는 무시해도 되는 건가?'

우울의 깊은 강을 건너서

여성전문 사이트 드림미즈에서 '어떨 때 전업주부란 사실이 싫은가'에 대한 설문 조사 결과가 내 눈길을 끌었다. 응답자 중 53.7%가 '스스로 도태되는 느낌이 들 때'라고 대답했다. 이어 '남편이 자신을 무시할 때'가 22.4%였고, '잘 나가는 친구들을 볼 때'가 10.4%로 나타났다. 이 땅에서 주부라는 이름으로 사는 여성이면 누구나 공감할 것이다.

초등학교에서 아이들을 가르치고 있는 선배에게 들은 말이다.

"우리 엄마는 대기업에 다녀요."

사내아이가 아주 자랑스러운 듯 말했다.

"우리 엄마는 그냥…… 집에만…… 계세요."

반면에 어머니가 전업주부인 아이는 개미소리만 한 소리로 말했다.

그 선배는 요즘 아이들은 고학년으로 올라갈수록 전업주부인 엄마보다는 왠지 일하는 엄마를 더 능력 있는 사람으로 생각한다고 했다.

남편들도 마찬가지 아닐까?

아이들이 어렸을 때는 어렵게 들어간 직장도 다니지 못하게 하던 남편이 사교육비가 뭉텅 들어가면서부터는 은근히 맞벌이를 했으면 좋겠다는 눈치다. 알다시피 여성의 재취업이 말처럼 그렇게 쉬운 일인가. 밤새 이력서를 써서 여기저기 기웃거려 보지만 아줌마에게 일자리를 제공하는 곳은 그리 많지 않다. 할 수 없이 그냥 집안에 주저앉고 마는 아내를 은근히 못마땅해하는 남편들도 있다.

그럴 때 여자들은 세상 살맛을 잃는다.

설문 조사에 나온 것처럼 세상은 급격히 변해가는데 자신만 도태되고 있다는 느낌이 들기 시작하면, 하루가 24시간이 아니라 48시간은 되는 것처럼 지루해지기 시작한다. 그때 찾아오는 손님이 바로 우울증이다. 우울증에 걸리면 물 먹은 솜처럼 몸도 마음도 무겁다. 만사가 귀찮다. 남편도 자식도 다 소용없다는 생각뿐이다. 지금까지 헛살았다는 자괴감 때문에 자해를 하고 싶을 지경에 다다른다. 주변에서 도와주지 않으면 큰일을 저지를지도 모른다. 아파트 베란다에서 떨어진 주부의 이야기는 특종이 아니라 우리 주변에서 얼마든지 볼 수 있는 현상이다.

삶의 회의에 빠져 벼랑 끝까지 갔던 친구가 있다.

그녀는 결혼식을 올리자마자 유학을 떠나 남편이 박사학위를 받을 때까지 외국 생활을 했다. 그동안 아이 둘을 낳았다. 끊임없이 어려운 시험과 논문을 통과해야 하는 남편의 사정을 알기 때문에 남편에게 내색을 할 수 없었다. 아이를 유모차에 태우고 낯선 이국의 넓은 공원을 수없이 걸으며 외로움을 날려 보냈다. 남편은 자기 아내가 워낙 강한 성격이라 외로움이라는 단어조차도 모르는 줄 알았다. 드디어 한국으로 돌아와 남편은 대기업에 취직을 했다. 남편에 대한 예우는 대단했다. 그만큼 남편은 바빠졌다. 가끔 신문에 칼럼을 연재하기도 하는 등 확고한 자리매김을 해갔다. 늘 바쁜 남편은 아내가 아이 둘을 키우며, 자신이 만들어 준 화단에 물을 주는 것으로 만족하며 사는 줄 알았다.

그러나 그녀는 알코올 기운을 빌지 않으면 잠을 잘 수 없었다. 그래도 남편에게는 깊은 내면의 말을 할 수 없었다. 남편에게는 이미 그녀에 대한 이미지가 너무도 선명하게 박혀 있다는 걸 알았기 때문이다. '언제나 굳건하게 잘 살아갈 여자' 라는 맹목적인 믿음이었다.

결국 그녀는 알코올 중독이 되어 치료를 받게 되었다. 그때 그녀를 구한 건, 남편이 아니라 그녀 자신이었다.

"나는 바보같이 살았어. 왜 나는 남편이 나의 구원이라고 믿었을까. 왜 그토록 남편의 눈길이 나에게 머물기를 갈구했을까. 외롭다고 힘들다고 말해도 그저 배부른 돼지의 농담 정도로만 생각하는 남편인데……"

그녀는 내가 건네준 주스 한 잔을 마신 뒤, 뭔가 결심이라도 한 듯한 표정으로 말하기 시작했다.

"나도 꽤 명석하다는 말을 들었는데 왜 이렇게 되었을까. 나는 이제 돌아갈 거야, 예전의 나로⋯⋯."

　오랫동안 서로 바빠서 만나지 못하다 우연한 자리에서 그녀와 재회를 했다. 그녀는 내게 명함 한 장을 건넸다. 나는 그동안 취직을 했구나, 싶었다. 그녀의 명함은 간단명료했다.

　전문주부 이미영

　그녀는 자신을 '전업주부'가 아닌 '전문주부'라 명명했다. 나는 속으로 박수를 쳐주고 싶었다. 나는 그녀가 전문주부로 일하는 일터를 찾아가 보고 싶었다. 어느 쾌청한 가을날 그녀의 집을 찾은 건 나의 못 말리는 호기심의 발동이었다.

　그녀의 일터에 들어서자마자 눈에 보이는 것은 온통 흰색뿐이었다. 벽지도 희고, 가전제품도 희고, 찬장, 책상, 심지어는 소파까지 모두 흰색으로 통일을 했다. 집안일을 해본 사람은 알 것이다, 흰색이 얼마나 쉽게 더러움을 타는지. 그런데 먼지 하나 보이지 않을 정도로 깨끗한 현관에서부터 그녀의 살림 솜씨가 만만치 않음을 알 수 있었다.

　집안 곳곳에 포스트잇이 붙어 있었다. 유심히 들여다보니 그날 자신이 해야 할 일, 만날 사람, 쇼핑할 물건 등이 자세하게 적혀 있었다. 물론 시간까지.

　그뿐인가. 큰 냉장고에는 자신만의 일주일 생활계획표를 예쁜 종이에 써 붙여놓았다. 월요일 집안 대청소. 화요일은 백화점 모니터 시찰, 수요일 영어회화, 목요일 둘째 아이 학부모 모임, 금요일 도서관

방문…….

그녀는 이런 일들을 충실히 시행하기 위해 집안일을 신속하면서도 깔끔하게 처리하느라 얼마나 발을 동동거려야 했을까, 불을 보듯 뻔한 일이다.

화장실에 들어가 수건을 보니 그 많은 수건 역시 뽀송뽀송하다. 웬만큼 부지런하지 않고서는 그토록 깔끔할 수가 없을 것이다.

그녀는 운동도 열심히 한다고 했다. 주변 환경을 적극 활용해서 운동을 하는 것도 프로주부다웠다. 병풍처럼 산으로 둘러싸인 동네에 사는 그녀는 아이들이 일어나기도 전에 산에 갔다 내려와 간단히 샤워를 한 뒤 아침 준비를 한다.

가끔은 혼자 자연을 만끽하며 산을 오른다고 한다. 계곡에 흐르는 물소리도 듣고 온갖 새들의 소리도 들으며 어제와 오늘, 그리고 내일을 생각하다 보면, 저절로 힘이 생긴다며 날씬한 몸매를 자랑했다. 군살 하나 없는 몸매와 건강한 피부가 그녀를 더욱 돋보이게 했다. 몇 년 전에 만난 그녀의 우울한 모습은 흔적조차 찾아볼 수 없었다.

그녀는 프로답게 멋진 주부의 역할을 하면서도 자신을 찾아가는 내면 여행을 쉬지 않았다. 그녀 나이 마흔 다섯 살이었다.

"중년은 모든 것을 포기하기에는 너무도 아까운 나이다."

왜 그렇게 화장실을 자주 가세요?

얼마 전에 고구려 문화 유적 탐방을 다녀온 적이 있다. 나의 룸메이트는 동화작가였다. 중국은 어디를 가도 계단이 많다. 오녀산성의 991개의 계단을 오를 생각을 하니 아득했다. 그런데 나의 룸메이트는 전혀 힘들지 않게 계단을 올라갔다. 뒤에서 보기에 새가 날아가는 것 같았다. 겉으로는 코스모스처럼 연약해 보이는 것에 반해 매우 건강체질이었다. 나중에 알고 보니, 그 작가는 등산을 자주 하고 꾸준히 운동을 해서 체력을 다져온 사람이었다.

반면에 나는 힘겹게 정상까지 올랐다. 더욱 힘들었던 것은 물을 맘대로 마실 수 없다는 점이었다. 땀이 나면 물을 마셔줘야 한다. 그러나 나는 물을 마시면 화장실에 자주 가야 하기 때문에 극도로 자제를 해야만 했다. 화장실을 들락거리는 나를 바라볼 사람들의 시선이 두려웠다는 것이 솔직한 고백이다. 거기에는 나만의 아픔이 있다.

사람은 누구나 자기 건강 상태나 지병에 대해 잘 알고 있다.

나는 어려서부터 재발성 요로감염증에 시달렸다. 흔히 오줌소태라고 하는 병이다. 마음이 불안하거나 조급한 일이 생기면 영락없이 찾아오는 증상이다. 자주 요의를 느끼고 소변을 볼 때 통증을 느낀다. 그나마 시원스럽게 소변을 볼 수 있다면 다행이다. 이런 나의 지병을 알고 있기 때문에 나는 여행을 하면서 지나치게 예민했던 것 같다.

"왜 그렇게 화장실을 자주 가세요?"

동행인들에게 이 말을 듣고 싶지 않아 헛고생을 했던 기억이 지금도 생생하다. 모든 병은 마음으로부터 오는 것이다. 사람들이 나를 요실금 환자로 볼까 두려웠던 것이다. 시금 생각하면 창피한 일이 아닐 수 없다.

흔히 중년의 요실금 현상을 말할 때 '자존심이 샌다'고 한다. 텔레비전에서 요실금 팬티나 어른이 차는 기저귀 광고를 보는 순간, 가족의 눈치를 보는 것도 그런 맥락일 것이다.

"줄넘기를 하는데 뭔가 뭉클한 것이 쏟아지는 느낌이 드는 거야."

"요즘은 맘껏 웃을 수도 없어. 힘주어 웃기만 해도 새니까 말이야."

"나는 섹스 중에 혹 요실금 증상이 나타날까 봐 불안해."

중년의 여성들이 모이면 이런 말을 아무렇지 않게 한다.

요실금은 스트레스 때문에 생기는 경우가 많다. 그 원인은 골반저근육의 약화, 에스트로겐이 부족하기 때문에 생기는 현상이다. 자신도 모르게 생리가 쏟아지는 것처럼 소량의 오줌이 나와 팬티가 축축해진다. 그런 현상을 한 번이라도 겪어본 여성들은 의기소침해지게 마련이다. 인생이 끝난 것처럼 절망적일 때도 있다. 때로는 여성성을 상실한 것처럼 생각하는 경우도 있다.

그러나 전문가들은 말한다. 중년 여성에게 요실금은 당뇨병보다 더 흔한 증상일 뿐이라고. 곁들여 요실금을 걱정하는 여성들이라면 질 수축 운동을 반드시 해야 한다고 말한다. 케겔 요법(골반저 근육 강화 운동법)이라고도 불리는 이 운동은 알아두면 여러모로 유익하다.

의외로 간단한 방법이다. 질 근육(소변의 흐름을 막는 근육과 같다)을 수축시킨 다음 천천히 조여준다. 한 10초 정도 그 상태를 유지한다. 조였던 근육을 살며시 풀어준다. 이완한 상태에서 5초 정도 머문다. 쉽게 말하면 질을 조였다 폈다 하는 동작을 반복적으로 해주는 운동이다. 그리 많은 시간을 요하지 않는다. 매일 5분 정도만 해줘도 효과는 매우 크다.

중국에서는 여성의 질 속에 무거운 동전을 집어넣고 이 운동을 반복했다고 한다. 옛 어머니들은 딸이 시집가기 전에 방바닥에 콩을 잔뜩 쏟아놓고 질로 그 콩을 집는 훈련을 시켰다고 한다. 남편에게 소박 맞고 친정으로 돌아오는 불행한 사태를 막기 위해서란다. 나는 처음 이 말을 들었을 때 여성에 대한 모독이라고 여겼다. 그러나 지금 생각하니 아주 지혜로운 어머니의 딸 사랑 비법이었다.

어쨌든, 케겔 체조를 꾸준히 해서 스트레스성 요실금으로 고통당하는 여성 75퍼센트가 효과를 보았다고 한다. 케겔 체조는 1948년 케겔(Kegel) 박사가 출산을 앞둔 여성들에게 권장한 것이 시초인데, 성욕 촉진을 위한 운동으로도 널리 알려지게 된 것이다. 요실금도 감기처럼 누구나 겪을 수 있는 질병이라고 생각하면 된다. 다만 예방이 치료보다 낫다는 사실을 잊어서는 안 될 것이다. 우리가 두려워해야 할 것은 요실금이 아니라, '자존심이 샌다'라는 식의 자학적인 반응이 아닐까. 질병은 몸의 고장이 아니라, 마음의 고장이 더 무섭다.

요실금은 단지 나의 몸이 나이 들어가고 있다는 신호일 뿐이다. 그 신호를 받았을 때 보다 적극적으로 대처하는 것이 중요하다. 대부분의 여자들은 나이가 들어가면서 '몸의 고장 신호'들을 듣게 마련이다. 그런데 가장 큰 문제는 이런 신호들을 모른척하거나 무시해 버린다는 것이다. 그래서 심각성을 느낄 때면 이미 늦은 경우가 많다.

몸은 정직하다. 그 몸의 소리에 귀기울이기 시작하는 나이가 바로 마흔이다. 나는 이 사실을 깨달은 순간부터 열심히 케겔 운동과 걷기 운동을 병행했다. 그 결과, '화장실 가는 걸' 더 이상 두려워하지 않을 만큼 쌩쌩해졌다.

지금 어디로 가고 있는 걸까?

나는 터미널을 자주 찾는 편이다.

터미널은 특유의 냄새가 있다. 설렘과 기대가 넘치는 곳. 그곳은 재래시장 못지않은 생동감이 넘쳐난다.

나는 고향인 양평을 갈 때마다 터미널에 가 버스를 타거나 청량리역에서 기차를 탄다. 터미널에 발을 들여놓는 순간 가슴이 뛴다. 단 몇 시간이지만 꽉 막힌 도회지를 벗어날 수 있다는 것만으로도 가슴이 벅차다.

기차역이나 터미널 풍경은 예전과 별로 달라진 게 없다.

값싼 김밥과 노란 고물 묻은 인절미를 파는 아줌마, 쥐포 장수, 구두 닦는 아저씨, 그들 곁을 황망히 지나가는 여행객들, 울긋불긋 등산복으로 갈아입은 사람들의 들뜬 모습, 휴가 마치고 돌아가는 군인들의 만감이 교차되는 얼굴…….

만남과 이별이 교차되는 곳 또한 터미널이다.

시골에서 바리바리 농산물을 싸들고 올라오신 어르신들을 맞거나 보내드리며 못내 아쉬워하는 사람들을 종종 본다. 그럴 때마다 나는 인생의 또 다른 터미널이 떠오른다. 그곳은 바로 화장터다.

인생의 종착역, 누구나 한 번은 꼭 가야 하는 화장터를 나는 혼자 '인생의 터미널' 이라고 부른다.

마흔이 되면서 가장 큰 변화는 주위에 죽음을 향해 가는 사람들이 늘고 있다는 점이다. 부모님이 돌아가시는 동창들도 많고, 심지어는 아내나 남편이 병으로 죽는 경우도 있다. 그럴 때마다 내 삶을 들여다보게 되고 숙연해진다.

초상집에 가보면 그 집안의 분위기를 한눈에 읽을 수 있다. 죽은 사람이 살아온 길을 말하지 않아도 읽을 수 있다. 자녀들의 현주소는 물론, 재산 상태, 명예, 삶의 철학마저도 어쩔 수 없이 엿보게 된다.

어느 날, 남편 친구의 아내가 죽었다는 부음이 왔다. 마흔둘밖에 안 된 여자인데 왜 벌써 생을 달리 했을까. 가슴이 뭉클해졌다. 그는 남편의 동네 친구였다. 영안실에 가보니, 중학생인 딸과 초등학생인 아들이 엄마의 영정 앞에 엎드려 있었다. 슬픔을 못 이겨 우는 것 같기도 하고 피곤해서 쉬고 있는 것 같기도 했다. 콧잔등이 찡해 왔다. 저들 가슴에 각인되어진 상처는 무엇으로 치유해야 할까.

남편은 아무 표정 없이 아내의 영정 앞에 우두커니 앉아 있었다. 나는 아내 잃은 슬픔이 얼마나 클까 싶어 애써 말을 피했다. 그저 애도의 꽃 한 송이만을 고인 영정 앞에 놓았다. 영정 속의 아내의 얼굴에는 수심이 가득 차 있었다. 평소에 인사 정도만 하고 지냈지만, 착한 성품으로 시어른을 모시고 사느라 고생을 많이 했다는 건 알고 있다. 이제 분가해서 좀 여유로울 것 같았는데 죽음을 맞게 되었다는 말에 가슴이 더 아팠다.

며칠 후 동네 사람들에게서 그 집 소식을 들었다.

"세상에, 그런 경우가 다 있어? 아내가 병들기 훨씬 전부터 여자가 있었다네. 아마 첫사랑을 만났다지? 여자가 속을 끓이다 결국 죽은 거야."

아찔했다. 죽은 여자의 얼굴이 떠올랐다. 그녀는 남편의 외도를 알았던 것일까. 남편은 아내가 고통받고 있을 시간에도 첫사랑을 만나 변함없는 사랑을 확인했겠지. 영안실에 무표정한 얼굴로 앉아 있던 남자의 얼굴이 떠올랐다. 그의 죽은 아내의 마음이 전이되어 오는 듯 아팠다.

마흔이 넘으면서 주변의 부부들을 유심히 관찰하게 된다.

결혼할 무렵 그들이 얼마나 열렬하게 사랑했는지 알기 때문에 냉랭한 부부를 보면 왠지 안타깝다. 한지붕 밑에 살지만 거의 남이나 다름없이 사는 것을 볼 때마다 각자 뼈 속 깊은 외로움을 어떻게 극복해 나갈까, 싶다.

느닷없이 찾아온 중년의 죽음 앞에 선 가족, 특히 배우자의 눈물을 보는 것은 더욱 슬프다. 마흔이 넘어서면 이런 광경을 많이 접한다. 죽음이 바로 우리 삶과 함께 존재한다는 사실을 뼈저리게 느끼게 된다. 그때마다 나는 미리 유언장을 써놓아야 한다는 강박관념 같은 것을 느낀다.

'유언장'을 쓰는 연습은 노년에만 해당되는 일이 아니다. 유언장을 한 번이라도 써본 사람이라면 이 말을 실감할 것이다. 유언장을 쓰다 보면, 지금까지 살아온 인생을 들여다볼 수 있으며, 죽음에 대해 진지하게 생각해 보게 된다.

바람이 불거나 비가 오는 날, 혹은 온 세상이 흰 눈으로 덮인 날, 터미널에 가보자. 과거와 현재, 미래를 만나게 되는 시간이 될 것이다. 터미널에서 서로 애절한 모습으로 헤어지는 것도 가슴 아프지만, 우리는 누구나 꼭 한 번은 인생의 종착역에서 내려야 하는 운명을 가지고 태어났다. 그런 운명의 기차가 서서히 마음속으로 들어오는 것을 거부하지 않는 것이 바로 마흔이다.

우리는 지금 어디로 가고 있는 걸까?

제3장

여자 나이 마흔,
자기만의 휴게소가 필요하다

돈으로 살 수 없는 것

 스위스의 정신과 의사이자 심리학자인 융의 사상은 지금도 전 세계에 영향력을 끼치고 있다. 융은 여자 문제와 정신적인 혼돈으로 인해 위기를 겪은 적이 있다. 융은 프로이트와의 결별로 말미암아 책도 읽을 수 없고 악몽과 환각에 시달렸다. 내적 불확실성에 싸여 있었고, 방향을 상실한 돛단배처럼 이리저리 흔들리며 살았다.

그때 융이 위기를 극복할 수 있었던 것은 '초인적인 힘'이었다. 그 힘의 근원은 가족이었다. 자신에게 가족이 있고 그들을 책임져야 한다는 의무감이었다고 융은 말한다.

두 번째는 자신의 환자를 진찰하는 직업에 대한 자각이었다. 정신과 의사로서 자아를 유지하려면 자신의 혼란스런 시기를 잘 극복해야 한다는 의지 때문에 어둠의 터널을 건널 수 있었던 것이다.

융은 혼란 속에서,

"인간의 마음이 지향해야 할 목표는 '자기 self' 라는 존재다."

라는 위대한 명제를 발견했다.

나는 융의 이야기를 읽으면서, 인간은 누구나 같다는 걸 실감했다. 굳이 위대한 철학자를 거론할 필요도 없을 것이다. 바로 우리 삶의 테두리 안에서 늘 느끼는 것을 융은 학문적으로 정리했을 뿐이다.

아무리 많이 배우고 명예가 있고 근심 걱정이 없어 보이는 사람도 깊이 들어가 보면, 결혼해서 자식 낳고 사는 모습은 비슷하다. 약간의 차이는 있을 테지만.

어느 가정이든 마흔에 접어들면 혼란과 방황을 겪는다. 때로는 남편이 흔들리는가 하면, 어떤 경우는 아내가 흔들려 가정이 붕괴 위기에 처하기도 한다. 가정의 위기를 극복하는 과정 또한 매우 교과서적이다. 흔들리는 영혼을 잡아주는 건 가족밖에 없다는 점에서 말이다. 그러나 좀 더 깊이 들어가 보면, 융이 말한 진정한 '자기' 를 만났을 때 정신적으로나 외적으로 잠시 흔들렸다 해도 멈출 수 있는 것이다.

진정한 자기는 '스스로를 용서하는 일' 에서부터 시작된다.

내 주변에 배울 만큼 배웠는데 결혼하면서 살림하느라 자신의 능력을 발휘하지 못하며 산 것이 억울하다고 늘 하소연하는 친구가 있다. 내가 봐도 그녀는 명석한 두뇌를 갖고 있다. 소외감을 느낄 만하다고 본다. 하지만 돈 많고 유능한 남편 덕분에 경제적으로 걱정 없이 살아왔다. 그녀의 일과는 쇼핑하는 것으로 채워질 때가 많다. 이 백화점에서 저 백화점으로 순례하면서 사고 싶은 것이 눈에 띄면 망설임 없이 산다. 그녀는 그것만으로도 얼마나 선택받은 삶을 사는 것인지 잘 모른다. 그녀는 가끔 내게 자신의 삶이 신산스럽다고 한탄할 때가 있다.

"네 삶을 보며 상대적인 빈곤감에 빠지는 사람도 있어. 자기 마음에 드는 옷 한 벌을 사기 위해 그 집 앞을 열 번도 더 왔다 갔다 해야 하고, 통장의 잔액을 수십 번도 더 확인하다 결국은 덤핑 티셔츠 한 장 사들고 가는 주부가 얼마나 많은 줄 알기나 해?"

그 친구는 경제적으로 풍요로운 것과 자신의 내면이 궁핍한 것과는 차원이 다르다고 항변한다. 맞는 말일 것이다. 그래서 너와 내가 반반씩만 섞었으면 좋겠다며 웃고 말 때가 있다.

그녀는 자신을 '밥순이'로 전락시킨 남편을 미워하다 못해 증오까지 했다. 말끝마다 '그 작자가 나를 이 모양 이 꼴로 만들어 놓았다'는 말을 잊지 않는다.

워낙 흉허물 없는 사이기 때문에 나는 그녀가 발끈해도 할 말을 다 했다.

"남편이 네가 하는 일을 막았어? 아니 막았다고 해도 네가 도전을 해보기라도 했니. 지금까지 풍요의 바다에서 신나게 헤엄치다 잠시 심심하다고 그렇게 투정할 건 뭐 있니. 뭐든지 남편 때문에, 시어머니 때문에, 자식 때문에…… 라고 말하는 건 문제야. 결국 너 자신에게 원인이 있는 거야. 막말로 돈 있고 시간 있겠다, 하고 싶은 일을 왜 못 했는데?"

나는 어쩌면 흥청거리며 돈 잘 쓰는 친구를 시샘하고 있었는지도 모른다. 가만히 앉아 있어도 시댁에서 강남의 빌딩도 주고 아이들 학비도 대준다는 말에 부러움을 넘어 유치한 질투심까지 동원되었던 것 같다.

나의 내면을 들여다보면, 그 친구처럼 맘껏 놀고 먹을 만큼의 돈이 없다는 걸, 겉으로는 아닌 척했지만 은근히 부러워했던 것이다. 갈 수 없는 나라에 대한 근원적인 부러움. 그 부러움의 저변에는 나를 물질로부터 자유롭게 해주지 못한 남편에 대한 증오가 깔려 있음을 솔직히 시인해야 했다.

늘 같이 경제적인 활동을 하면서도 나는 프리랜서라는 이유로 가사는 물론 집안 대소사 등 모든 걸 챙기는 걸 당연하게 여겼던 일. 열심히 살았어도 남는 게 없다는 자괴감. 이 모든 것들로 인해 내 마음 깊은 곳에 골이 패어 있었던 것이다.

내게 친구의 하소연은 배부른 돼지의 콧노래처럼 들렸다. 그러나 겉으로 들어내어 말하지 않은 내 속의 불만은 언제 활화산이 되어 터질 줄 모르는 폭탄이었다.

그 친구를 만나고 돌아올 때마다 내 자신을 주체할 수 없을 때가 있다. 물질적인 것보다는 정신적인 것을 추구하며 살았노라고 남들에게 말하는 내가 진짜 나일까. 수십 억의 재산을 가만히 앉아 받은 친구에 대한 상대적인 빈곤감에 허덕이는 내가 진정한 내 모습일까. 은근히 그녀 남편의 경제력에 못 미치는 내 남편에 대해 질시하고 있는 내가 속물 같아 견딜 수 없다.

하지만 집으로 들어가기 전에 먹물을 뒤집어쓴 것처럼 찜찜한 마음을 정리하려 애쓴다. 돈보다 더 중요한 건 자족하는 마음이라는 것. 지금까지 그렇게 살아왔듯이 결코 돈 때문에 가장 소중한 사람의 가슴에 상처는 주지 말자고 자신을 다스린다. 오히려 돈으로 살 수 없기에 더 가치 있는 것들에 관심이 모아진다. 내 자신의 꿈이라든지, 다른 사람을 배려한다든지, 나 자신과 다른 사람을 용서한다든지……

융의 이야기처럼 마흔이 되면 대부분 홍역처럼 정체성의 혼란을 겪게 되지만, 물질적인 가치(돈)로는 아무것도 해결할 수 없다. 즉 자기 자신이 존재 가치를 스스로 깨달아야만 가능하다.

여자 나이 마흔은 스스로 끊임없이 내 자신이 존재하는 이유를 물어야 하는 나이다. 그렇지 않으면 무척 성숙한 나이 같지만 한순간에 세속적인 가치에 무너져 내리는 경우도 많다.

여자 나이 마흔은 가정주부이든 아니면 사회활동을 하는 여성이든, 자기를 찾아가는 여행이 시작되는 나이다.

너무 빠른 사죄란 없다

나는 지금도 분홍 진달래만 보면 고개를 돌린다.

'상숙이가 내년에도 저 꽃을 볼 수 있기를……'

고대 병원 담벼락에 핀 진달래를 보며 얼마나 많이 빌었는지 모른다. 휠체어에 마른 나뭇가지처럼 앉은 그녀를 태우고 진달래꽃 주위를 돌며 간절히 빌었지만, 상숙이는 다음해 진달래를 보지 못하고 저세상으로 가고 말았다.

상숙이는 배다른 나의 동생이다.

동생은 얼굴이 하얗고 가녀린 몸을 가졌지만 심지가 굳은 아이다. 나보다 여섯 살이나 어리지만, 모든 면에 어른스럽고 인내심이 많다. 어렸을 때는 그런대로 잘 지냈다. 그러나 내가 사춘기가 되면서 새엄마에 대한 반발심을 상숙이를 괴롭히는 것으로 대신했다.

"너는 역시 첩의 딸이라 다르구나."

나는 아버지가 외출하고 들어오시면 세숫대야에 물을 떠다 바치는 그녀를 향해 저주하듯 이 말을 뱉어놓고 밖으로 나왔다. 그뿐인가.

혹시 길에서 상숙이를 만나면 아는 척도 하지 않았을 뿐더러, 아예 고개를 돌려버리곤 했다. 상숙이는 내가 아무리 미워해도 아무 내색 없이 "언니, 언니" 하며 나를 따랐다. 나는 그럴수록 모질게 대했다.

나는 내 결혼식에 그녀를 오지 말라고 했다. 물론 새엄마도 마찬가지다. 그 후로 나는 새엄마가 저 세상으로 갈 때까지 한 번도 마음을 열지 않았다. 들리는 말에 의하면 상숙이는 결혼하면서도 '첩의 딸'이라는 사실 때문에 무척 힘들었다고 한다.

어느 날 상숙이가 위암 말기라 손도 써볼 수 없는 지경에 이르렀다는 소식을 들었다. 세 살배기 아들과 동창이면서 상숙이를 죽도록 사랑한 남편을 두고 죽음 직전에 있다니……

나는 아무 죄 없는 동생이 죽을병에 걸린 것이 마치 나 때문인 것 같아 괴로웠다. 정말 어찌해야 할지 모를 지경이었다. 첩의 딸이라는 사실 때문에 그동안 받은 수모와 돌팔매질에 몸이 암덩어리로 변한 것이리라. 얼마나 가슴을 끓였으면, 얼마나 고통스러웠으면, 서른셋이라는 나이에 그 무서운 병에 걸리고 말았을까. 기가 막혔다.

나는 병원에 찾아가 상숙이 침대 밑에 무릎을 꿇었다.

"상숙아, 미안하다. 그동안 나는 내 아픔 때문에 너한테 못할 짓을 참 많이 했구나. 용서해 달라는 말은 않겠다. 나를 실컷 욕해라."

그날 상숙이와 나는 병원이 떠나갈 정도로 소리 내어 울었다. 어쩌면 각자의 설움에 잠겨 더욱 구슬펐을 것이다.

그녀 남편의 지극한 병간호와 나의 간절한 기도에도 불구하고 그녀는 죽었다. 그녀를 보낸 후 많이 힘들었다. 그래서 나는 지금도 진달래꽃 피는 계절이면 짙은 우울 속으로 빠져 들어간다.

나는 동생이 있는 병원을 찾을 때마다 건강이 얼마나 소중한가에 대해 깊이 생각하게 되었다.

얼마 전에 인터넷 사이트를 돌아다니다 모 방송국 국장이 쓰고 있는 칼럼을 읽었다. 나도 몇 번 안면이 있는 분인데, 본인이 암 진단을 받은 후부터 투병기를 잔잔하게 적어간 글이었다.

하나, 암과 죄
암은 소리 없이 자란다. 죄 역시 자신도 모르게 자란다.
암이 커지면 죽는다. 죄가 장성하면 죽는다.
암은 모두 무서워한다. 죄에 대한 벌도 모두 무서워한다.
암은 사람이 고치지 못한다. 죄도 사람 스스로 용서하지 못한다.
암은 의사와 본인의 의지가 고친다. 죄는 신만이 해결할 수 있다.

둘째, 암의 유익
"이젠 네 차례야, 준비해!"
예비 신호다.

나는 이 칼럼 중에서 '이젠 네 차례야, 준비해' 라는 구절이 마음에 와닿았다. 동생을 저 세상으로 보내며 암은 누구나 걸릴 수 있는 병이라는 걸 누구보다 온몸으로 느꼈기 때문이다. 이런 생각은 누군가의 부음 소식을 들을 때면 더욱 강해진다. 나이를 먹으면 장례식에 가야 할 일이 부쩍 많아진다. 사람들의 사망 원인을 들어보면 '암'일 경우가 많다.

내 동생의 죽음을 보면서, 아니 지인들의 죽음을 보면시 '니를 향한 신의 경고장'이라는 생각이 들 때가 있다. 중년으로 접어든 여성의 몸 역시 여기저기 고장이 나 삐그덕거릴 때가 많다. 지금부터라도 자기 몸 돌보기를 자식 돌보듯 해야 할 때다.

그리고 나처럼 다른 사람에게 상처를 준 일이 있다면 하루라도 빨리 그 사람에게 진실로 사죄하라. 그 사람이 정말 더욱 더 소중한 사람이라면……. 내 동생에 대한 나의 사죄는 너무 늦었다. 다 풀어주지 못한 상처를 안고 저 세상에 갔을 상숙이를 생각할 때마다 나는 내가 지은 죄가 동생에게 간 것 같아 지금도 가슴이 너무 아프다.

'사랑하는 사람일수록 너무 늦은 사죄는 있어도 너무 빠른 사죄는 없다'는 경구가 가슴에 와닿는다.

반성하는 나이, 마흔

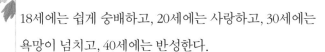 18세에는 쉽게 숭배하고, 20세에는 사랑하고, 30세에는 욕망이 넘치고, 40세에는 반성한다.

프랑스의 작가 장 콕도가 한 말이다. 이 말에 공감한다. 살다 보면 반성해야 할 일이 얼마나 많은가? 나 또한 얼굴을 가리고 싶을 만큼 부끄러웠거나 민망했던 일들이 너무 많다.

자신에게 가장 상처를 주는 사람은 가장 가까이에 있는 가족일 경우가 많다. 나는 아버지에게 얼마나 불효막심한 딸이었는지 모른다. 아버지는 '사랑'을 완성하며 사셨는지 모르겠지만, 나에게는 '상처'로 남은 그분의 삶을 용서할 수 없었다. 아버지가 심장마비로 돌아가실 때까지 내가 피해자라는 생각만 했다. 양평 병원에서 서울로 옮기는 단 몇 시간 동안 나는 아버지가 죽음의 사선을 넘나드는 모습을 지켜보았다. 그전까지 단 한 번도 다정하게 아버지를 불러본 적이 없다.

아버지로부터 독립하겠다고 학교마저도 장학금을 주는 곳을 선택한 내가 아닌가. 혼자 독립하려 애쓰고 그토록 독하게 마음먹고 살았던 건 아버지에 대한 미움, 배신이었다. 나는 허허벌판에서 홀로 사는 생모의 눈물을 간과할 수 없었다. 아버지를 미워하는 것이 어머니를 사랑하는 것인 줄 알았다. 하지만 아버지가 돌아가시기 불과 몇 년 전 나의 어머니가 평생 아버지를 용서하며 기다렸다는 사실을 안 순간, 아연했다.

어쨌든 살아 생전에 아버지에게 나는 버거운 딸이었다. 모든 사람 앞에서 커 보이던 아버지였지만 내 앞에서는 왠지 죄인처럼 온몸을 사리셨다. 나의 냉랭함 때문이었을 것이다. 아버지를 땅에 묻으며 그토록 울 수밖에 없었던 건 뒤늦은 후회였다. 그렇게 빨리 돌아가실 줄 몰랐다. 지금도 아버지를 생각하면 가슴이 얼얼하다.

유년의 내 빈 가슴을 채워준 건 첫사랑이었다. 그러나 나는 그가 가장 어려울 때 그 곁을 떠났다. 암울한 시절 내게 버팀목이 되어주고 아껴준 사람에게 등을 돌렸던 건, 순전히 미숙한 내 탓이었다. 상처를 받은 사람은 어쩌면 쉽게 잊었을지도 모른다. 그러나 이기적인 마음으로 진정성을 내친 나는 평생 가슴앓이를 해야 하는지도 모른다.

사랑과 이별은 하나다. 어떻게 사랑하는가도 중요하지만, 성숙한 이별의 자세를 배웠어야 했다. 그때 그 사실을 알았더라면, 마흔이 넘은 지금쯤, 아름다운 첫사랑으로 그를 추억할 수 있었을 것이다.

결혼은 연습이 없다.

만약 결혼에 연습이란 단어가 허용된다면, 우리나라의 결혼한 부부

세 쌍 중에 한 쌍이 이혼한다는 통계는 나오지 않았을 것이다. 다행히 요즘은 결혼예비학교 등에서 공부를 하는 젊은이들이 많다. 결혼은 준비과정이 필요하다. 결혼과 함께 파생되는 모든 것이 원만하기 위해서는. 바로 이어지는 게 자녀 양육 문제 아닌가.

어머니가 된다는 것, 한 생명을 잉태하고 낳아서 양육하는 것 또한 리허설이 없다. 시작이란 총소리와 함께 무작정 달려야 한다.

죽을 것 같은 입덧이 끝났나 싶더니 무거워진 몸무게 때문에 밤잠을 설치는 날이 많았다. 드디어 출산의 기미가 보였다. 병원에서 갓난 아이를 데려온 후 어머니의 역할은 영화에서처럼 감동적인 것만은 아니었다. 아이 목욕시키는 일부터 퉁퉁 분 젖을 짜내는 일, 아이가 밤새 울어대는 통에 뜬눈으로 새는 일 등이 너무 벅찼다. 나는 아이를 낳았어도 여전히 철없는 엄마였기 때문이다.

설상가상 첫째가 기저귀도 빼기 전에 둘째를 낳고 말았다. 이것 또한 피임에 대한 상식이 너무도 부족한 채 결혼 생활을 시작한 탓이다. 나는 연년생인 두 아들을 데리고 매일 전쟁을 치르며 살았다.

그때 나는 큰아들에게 못할 짓을 많이 했다.

작은아이에게 젖 물리기 전에 큰아이는 눕혀놓고 우유병을 물렸다. 엄마의 가슴에 안겨 행복하게 젖을 빠는 모습을, 큰아이는 부러운 눈길로 바라보며 툴툴대더니 애꿎은 우유병 꼭지만 뜯어놓았다. 나는 제대로 우유를 먹지 않는다고 야단을 쳤다. 아이는 소리도 내지 않고 꺽꺽 울었다. 크게 울면 더 혼날까 봐.

시어머니와 살면서 힘든 일을 겪을 때마다 모든 화풀이가 큰아이에게 갔다. 그때 아이는 이유도 없이 나의 신경질과 매질을 당해야 했다. 나는 큰아이를 학대했다. 마치 스무 살 남자애 대하듯, 무엇이든 네가 알아서 해라. 너는 형이다. 엄마가 힘드니까 네가 엄마를 도와줘야 한다. 나는 그 아이에게 너무도 버거운 일들을 요구했다.

지금도 큰아이를 보고 있으면 무릎 꿇고 빌고 싶다.

"엄마가 너무 철이 없어 너를 아프게 했구나. 미안하다."고.

그때 내가 참된 어머니, 며느리, 아내란 무엇인가에 대해 확고한 정체성을 가졌다면, 애꿎은 내 아들에게 화풀이를 하지 않았을 텐데……. 상처는 받은 사람만 아픈 게 아니라, 상처를 주는 쪽 역시 편치 않다는 걸 일찍 깨달았다면 좋았을 것이다.

나이를 먹어가며 점점 내가 잘한 일보다는 잘못한 일들이 더 많이 생각나고, 내가 베푼 것보다는 미안했던 일들이 더 많이 떠오른다. 그래서 장 콕도가 '반성하는 나이, 마흔'이라고 한 말에 고개를 끄덕이는 것이리라. 반성한 모든 것들이 죽음의 문턱에 이르기 전에 다시 되풀이되는 삶은 살지 말아야 할 것이다.

그러고 보니 사십에는 해야 할 일이 너무 많은 것 같다.

자기만의 휴게소를 만들어라

우리 집 뒤에는 야트막한 낙산 공원이 있다. 나는 주로
밤에 그곳을 찾는다. 일 마치고 산책 나온 나를 자연은
언제나 반갑게 맞아준다. 낡고 오래된 아파트를 헌 자리에 생긴 공원
을 찾은 사람들의 표정은 매우 행복해 보인다. 저녁 식사 마치고 가족
과 함께 밤 소풍을 나왔나 보다.

운동 삼아 걸으며 서울의 야경을 감상한다. 서울의 낮거리는 결코
낭만적이지 못하다. 그러나 서울의 밤 풍경은 화려함을 넘어 이국적
이기조차 하다.

낙산에는 나무 계단이 있다.

나는 러닝머신 위를 천천히 달리는 기분으로 계단을 오른다. 처음
에는 숨이 막히고 허리가 뻐근하지만 마지막까지 올라가면 온몸에 땀
이 흐른다. 정상에서 마시는 시원한 밤공기는 꿀맛이다. 200개가 넘

는 나무 계단을 세 번씩 오르락내리락한다. 내 나름대로의 운동 방법이다.

처음부터 이 나무 계단을 올랐던 건 아니다. 정상을 가는 길은 여러 갈래가 있다. 포장하지 않고 붉은 흙이 그대로인 길도 있고, 꽃길도 있다. 나는 처음에는 쉽고 편한 길을 택했다. 그 길은 아무리 걸어도 땀이 나지 않았다. 편하긴 하지만 왠지 재미가 없었다. 그래서 얼마 전부터는 힘들어도 계단을 오르게 된 것이다.

계단 오르는 걸 좋아할 사람은 없을 것이다. 하지만 목적지까지 가는데 다른 길이 전혀 없다면, 힘들어도 계단을 이용해야 한다. 어느 정도 오르다 보면 가속도가 붙어 힘들지 않다. 삼분의 일쯤 오른 뒤, 위를 보면 어서 정상에 다다르고 싶은 욕망이 생긴다.

중간지점쯤 오르면 희망이 보인다. 절반이나 올랐구나. 쉬지 말고 가면 금방이겠지. 그러다 보면 어느새 목적지에 다다른다. 위에서 방금 자신이 걸어온 계단을 내려다보면 왠지 뿌듯해진다. 계단 오르는 게 귀찮다고 피하지 않은 자신이 대견스럽기도 하다.

낙산에는 나만의 은밀한 아지트가 있다.

나무 계단의 중간지점이다. 단풍나무가 계단의 양쪽에서 호위병처럼 서 있고 조팝나무, 싸리나무 등이 소담한 모습으로 자리를 지키고 있다. 달빛과 가로등이 내뿜는 묘한 불빛 아래 홀로 앉아 있으면 나는 철학자가 된 듯싶다. 마음이 편안해진다. 헝클어진 내면이 조금씩 정리가 되어간다. 나는 아지트에서 나를 만나기 위해 밤 산책을 나서는 것인지도 모른다.

내 안에 숨어 있던 무수한 편린들이 날갯짓을 하며 밤하늘을 날아다닌다.

'나는 무엇을 하며 여기까지 온 걸까.'

이 질문으로 나와의 대화는 시작된다.

어렸을 때는 마흔이 넘은 사람들을 보면서, 저 나이쯤이면 꿈도 희망도 없이 그저 시간만 죽이며 사는 사람들이라고 생각했다. 한때는 오만방자하게 나는 절대로 그렇게 살지 않을 것이라고 큰소리까지 쳤다. 좀 더 솔직히 말하면 마흔쯤 되면 내가 추구하는 삶의 한 8할은 이루고 살 것이라 믿었다, 피 끓는 청춘에는. 그러나 막상 내가 그 자리에 서고 보니, 아직도 내가 가야 할 길은 멀었다. 이루고 싶은 욕망 또한 줄지 않았다. 가보지 않은 길에 대한 미련 또한 많다.

마흔은 인생의 휴게소다.

계단을 오르다 숨이 차면 중간지점에 앉아 사색을 하듯, 쉼이 필요한 나이다. 현재의 자리에 서서 과거를 점검해 보고, 미래를 재설계하며 에너지를 충전해야 한다. 남성들은 가족을 부양하기 위해 정신없이 살아오느라 버거웠지만 여성 역시 많은 변화가 있었다. 여성들은 결혼과 동시에 자신을 내려놓고 가족을 위한 삶으로 육체와 정신 모두를 쏟았을 것이다. 가정이란 수레바퀴를 원만하게 돌아가게 하기 위해 선택한 최선의 길이라고 믿었기 때문이다.

아이를 낳아 교육시키고 지옥 같은 입시를 치르고 나면, 어느새 중년이 되어 있는 자신을 발견한다. 거울을 바라보면, 지난 세월의 흔적이 고스란히 묻어 있다. 부스스한 얼굴과 살찐 모습의 여인이 바로 내 모습이다. 그때부터 가슴에 바람이 불기 시작하는 건 인지상정인지도 모른다. 마흔의 나이를 '불혹'이라 했던 건 '유혹'이 많은 시기라는 걸 공자님이 알았기 때문 아닐까.

자기 정체성에 대한 끝없는 욕구는 쉽게 사라지지 않는다. 지금까지 살아온 삶에 대해 부정적인 생각이 들 때도 있고, 헛살아온 듯한 느낌이 들 때도 있다. 그 정도가 심하면 우울증까지 찾아온다.

때로는 모든 걸 팽개치고 마음 가는 대로 살아보고 싶은 충동이 일 때도 있다. 그 마음 저변에는 앞으로 내 인생을 어떻게 살아갈 것인가에 대한 막연한 불안감이 도사리고 있기 때문이다. 나는 계단에 앉아 가슴 깊은 곳의 불안감을 씻어내는 작업을 하고 있는지 모른다.

그날도 등에 난 땀을 식힐 겸 나의 아지트에 앉아 야경을 바라보고 있었다. 그때 계단의 중간부분에 앉아 있는 자신처럼 내 인생 역시 절반쯤의 자리에 서 있다는 생각이 들었다. 왠지 희망의 기운이 내 가슴을 감싸안았다. 지금의 내 모습을 긍정적인 시선으로 보게 된 것이다. 한시도 눈을 뗄 수 없었던 자식들도 모두 제 앞가림할 나이가 되었고, 남편도 어느 정도 안정적인 궤도에 올랐지 않은가. 이제부터는 진정으로 나를 위해 살자는 각오를 하고 나니 알 수 없는 용기가 불끈 치솟았다.

내 삶이 절반이 남았다는 사실을 희망의 메시지로 받아들이고 싶다. 지금까지 살았던 것보다 더 치열하게 산다면, 내 인생의 남은 계단을 오르는 일은 어렵지 않을 것이다.

흔히 여자는 약하지만 어머니는 강하다고 한다. 그 말에 대해 실감할 때가 많다. 나에 관한 일이라면 절대로 뛰어들 수 없는 상황에도 자식이 연결되면 목숨조차 내놓을 수 있을 만큼 강한 게 어머니다. 이제 그 힘을 자신을 위해 쓸 때가 바로 중년이다.

내가 진정 원하는 삶이 무엇일까.

신입생이 된 느낌으로 이 질문부터 다시 던져본다.

구체적인 설계도를 작성해 보는 것이 필요하다. 지금까지 해온 일의 연장선이라면 굳이 새 설계도가 필요하지 않겠지만, 전혀 다른 세계를 꿈꾼다면 세밀한 준비 작업이 필요하다. 젊었을 때는 무모함도 경험이라는 이름으로 용서가 되었지만, 이제 시간이 많지 않다. 결코 무모한 시도는 용납될 수 없을 것이다. 받을 상처가 더 클 것이기 때문이다.

어느 날, 전업주부로 살던 친구가 꽃가게를 해보고 싶다고 했다.

"왜 하필이면 꽃가게야?"

"그냥…… 꽃을 좋아하기도 하고 내가 할 수 있는 일 중에서 가장 쉬울 것 같기도 하고……"

나는 말없이 친구를 바라보았다. 그리고 마음속으로 말하고 있었다. 준비 없이 '그냥' 시작해서 그냥 성공하는 일은 없다고. 그러나 모처럼 자기 일을 하고 싶다고 나선 친구의 열정에 찬물을 끼얹는 것 같아 참았다. 나는 한 마디만 했다.

"꽃가게를 여는 게 낭만적인 일만은 아니라는 것 알지?"

내가 단골로 가는 꽃집이 있다. 꽃집 여자는 단지 꽃만을 파는 게 아니다. 꽃 한 송이에 많은 걸 끼어서 판다. 포장도 최대한 예쁘게 해주고 꽃말도 살짝 귀띔해 준다. 왠지 신뢰감이 간다. 사람들은 한 다발의 꽃을 사더라도 이렇듯 해박한 지식과 애정을 갖고 꽃집을 운영하는 집으로 가게 된다. 친구에게 내가 잘 가는 꽃집 이야기를 해주며 헤어졌다.

어느 날 그 친구를 만났다.

"나, 지금 창업교실 다니고 있어. 준비 과정 없이는 두려워서 아무것도 못할 것 같아서……. 요즘 다시 수험생이 된 기분으로 산다."

친구는 내 마음을 읽었던 것이다. 새로운 일을 꿈꾸는 마흔다섯 내 친구의 얼굴은 빛나고 있었다. 부디 그 일에서 성취감은 물론 원하는 만큼의 돈도 벌 수 있길 빌었다.

중년은 터닝 포인트의 시기이다.

이 지점에서 어떻게 살 것인가에 대한 방향 제시가 되지 않으면, 훗날 자신을 원망만 하는 노년으로 남을지 모른다.

아직도 반이나 남은 계단에 서서 정상을 바라보자. 다시 힘이 솟을 것이다. 지금까지 살아온 경륜과 지혜를 동원하면 두려울 게 없을 것이다. 우리 속에는 대한민국 아줌마의 힘이 내재되어 있다는 사실을 잊지 말아야겠다.

지금 마흔을 사는 여성이라면 한번쯤은 자기만의 휴게소 안에 들어가 재충전의 시간을 가져야 한다. 휴게소 안에서 나올 때면, 자기 삶의 새로운 지도를 들고 나오게 되지 않을까.

잔잔하면서도 그윽한 아름다움

나는 시간이 날 때마다 야생화를 만나러 간다. 주로 혼자 다닌다. 야생화 탐험을 전문으로 하는 모임이 있긴 하지만 시간이 맞지 않아 홀로 떠나는데 나름대로의 맛이 있다.

야생화는 봄에 가장 많이 볼 수 있다.

사람도 봄이면 웅크렸던 몸을 펴듯이, 꽃들도 봄이면 너도 나도 얼굴 내미느라 바쁘다. 그래서 봄 산행은 늘 즐겁다. 어디를 가도 야생화의 향연에 초대받는 기분을 맛볼 수 있으므로.

겨울이 끝났음을 알려주는 꽃이 바로 복수초다. 덜 녹은 눈 속에 숨어 삐죽이 고개만 내밀고 피는 노오란 꽃. 복수초를 만나면 봄이 왔음을 피부로 느낀다.

복수초가 질 즈음이면 산수유 꽃봉오리가 생긴다. 가을에 서리 내리면 빨간 열매가 맺히는 꽃나무다. 유년 시절 오줌 싼다고 억지로 마서야 했던 선분홍 물빛은 지금도 기억이 생생하다.

호랑나비를 따라가다 보면, 하얀 산동백꽃을 만난다. 녹색의 바다 속에 핀 하얀 목련을 닮은 꽃. 유년 시절 산나물을 뜯으러 갔다가 그 꽃에 홀려 집을 잃어버렸던 적이 있다. 이웃 동네 아저씨와 함께 산봉우리를 넘으며 본 산동백은 결코 예쁘지 않았다. 나를 홀려 미아로 만든 마녀처럼 보였다.

누군가 나에게 봄꽃 중 가장 예쁜 꽃을 꼽으라고 하면 으아리꽃이라고 대답할 것이다. 으아리는 지름이 10cm에 달하는 상아색 꽃이 피는 목본의 덩굴성 식물이다. 가지 뻗기를 해 올라간 중간부분에 환상적인 꽃이 핀 것을 보는 순간, 정말 아름답다는 말이 절로 나온다. 이 꽃은 얼마 전까지만 해도 쉽게 볼 수 없었다. 그러나 요즘은 야생화 시장에 가면 얼마든지 만날 수 있다. 집에서도 잘 자란다.

여름에는 의외로 야생화가 많지 않다. 푸른 잎들이 너무 왕성하게 자라는 바람에 꽃을 피울 겨를이 없는 것 아닐까.

여름꽃 중의 백미는 '배롱나무꽃'이다. 이 꽃은 백일홍, 혹은 자미화(紫微花)라 부른다. 피고 지기를 세 번 하는데 세 번째 필 때쯤 햅쌀이 난다고 '쌀밥나무'라고 하고, 나무줄기를 긁으면 간지럼을 타듯 껍질이 벗겨져서 '간지럼나무'라고 부르기도 한다.

전남 담양에 있는 명옥헌(鳴玉軒)에 가면 300년 정도 된 배롱나무를 볼 수 있다. 그 모습이 가히 환상적이다. 오래된 나무에 붉은 꽃이 만개한 것을 보면 무릉도원이 따로 없다.

배롱나무라는 이름이 예뻐 어원을 찾아보았더니, 백일홍〉배기롱〉

배이롱〉배롱의 순으로 변천해 왔다.

지금도 눈만 감으면 명옥헌의 배롱나무가 눈에 선하다. 다시 그곳에 가보고 싶다.

가을꽃의 향연은 구절초다. 시골 들녘 어디에나 널려 있는 하얀 꽃이 바로 이 꽃이다. 달빛 아래서 보는 구절초의 하얀 꽃잎은 봄날의 배꽃보다 더 신비롭다. 구절초는 우리 여성들의 질병을 치료해 주는 민간약초로도 유명하다. 옛날 할머니들은 구절초를 뿌리째 캐다 말린 후 다려 먹으면 웬만한 부인병은 다 낫는다고 믿었다. 나도 어렸을 때 구절초를 꽤 많이 캐서 장독대에 말렸다. 그러나 구절초 달인 물은 마시지 않았다. 왠지 소태처럼 쓸 것 같아서.

겨울은 눈꽃이 최고다.

나는 평소에도 창경궁을 찾지만, 소나무 위에 눈꽃이 피는 날이면 반드시 그곳에 간다. 소나무들의 사열을 받으며 고즈넉한 고궁 뜰을 걸으면 복잡한 머리도 식힐 수 있고, 명상에 잠길 수 있어 좋다. 하얀 눈길을 따라 걸으면 가슴이 따뜻해진다. 연못가를 돌아가면 식물원이 나온다. 그때부터 꽤 오랜 시간 온실 속의 야생화와 달콤한 데이트를 한다. 흰눈이 기다려진다. 눈꽃이 그립다.

야생화를 만나다 보면, 저절로 그들의 특성과 생태에 대해 공부하게 된다. 내 주위에는 야생화에 빠져, 일하듯 탐방을 다니는 사람들이 있다. 그들 얼굴을 보고 있으면 생기가 넘쳐흐른다. 들꽃과 바람, 곤충들의 정기를 받기 때문일 것이다. 나도 저들처럼 자유롭게 야생화를 만날 날이 있겠지. 시간이 나면 꼭 해보고 싶은 일이 바로 야생화 탐구 작업이다.

어느 날, 야생화를 만나러 혼자 산길을 걸으면서 여자 나이와 닮은 꼴의 꽃을 찾으면 재밌을 것 같았다. 꽃과 여자는 같다고 하지 않았는 가. 내 기억 속의 창고 안에 갇혀 있던 꽃들이 줄줄이 불려나왔다. 여 자 나이와 꽃을 짝짓기 하느라 바빴다. 물론 내 멋대로의 상상이다.

순수의 대명사인 10대는 귀여운 은방울꽃.

화장을 하지 않은 얼굴이 더 예쁜 20대는 청초한 수선화.

한 남자의 아내, 아이의 어머니 등 많은 변화를 겪은 30대는

붉은 목단꽃.

젊음의 뒤안길에서 돌아와 거울 앞에 선 50대는 노란 국화꽃.

삶의 경륜이 쌓인 60대는 생화의 장점을 그대로 간직한 마른 꽃.

그렇다면 40대는 무슨 꽃에 비유할까?

적절한 꽃이 떠오르지 않는다. 계곡의 물소리가 막힌 나의 기억을 되살리기라도 하듯 맑은 소리를 내며 흐른다. 불현듯 40대의 꽃을 '능소화'라고 부르고 싶다. 언제부터인가 능소화를 볼 때마다, 꽃이 여성미의 절정기인 40대와 닮았다는 느낌이 들었다.

늦봄부터 여름 내내 어디서든 고혹적인 자태를 자랑하는 꽃을 보게 된다. 바로 능소화다. 전북의 진안 마이산 탑사의 능소화의 장관을 본 사람들은 두고두고 그 아름다움을 말한다.

능소화는 중국에서 들여와 조선시대에는 사대부 집안에만 심도록 했을 만큼 귀한 꽃이었지만, 지금은 어디서든 만날 수 있다. 능소화는 요염함과 정숙을 겸비한 꽃이다. 주홍 꽃잎의 유혹에 이끌려 다가가면 냉정하리만치 고고하다. 능소화 꽃을 만진 손으로 눈을 비비면 실명이 된다는 속설이 있다. 외모에서 풍기는 요염함만 보고 엉큼한 생각으로 다가섰다가는 큰코다친다.

사십 대의 가슴에는 시도 때도 없이 바람이 분다.

어느 정도 자녀도 키워 놓았고 남편 또한 안정적인 지위에 오른 뒤 찾아오는 공허함이다. 여자의 흔들림은 또 다른 자기와의 만남을 알리는 종소리다. 그동안 가족에게 쏟아붓느라 텅 빈 그릇을 채우라는 내면의 소리가 아닐까. 그런가 하면 여유롭게 거울 속의 자기 얼굴을 바라볼 수 있는 나이이기도 하다. 거칠어진 피부를 예전으로 되돌릴 수는 없지만, 최선을 다해 각질을 벗겨내고 윤기를 주기 위한 작업이 시작된다. 급기야 예전의 피부는 아니지만 매혹적인 아름다움으로 거듭나게 된다.

마흔의 아름다움은 요란스럽지는 않으나 잔잔하면서도 그윽하다. 능소화를 조용히 바라보라. 그 안에 마흔 여인의 실루엣이 들어 있다.

시원한 백김치 맛

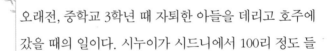

오래전, 중학교 3학년 때 자퇴한 아들을 데리고 호주에 갔을 때의 일이다. 시누이가 시드니에서 100리 정도 들어가는 바쎄스트에 살고 있어 일단 그곳에 머물기로 했다. 번잡한 곳보다는 조용한 곳이 나을 것 같아서였다.

바쎄스트는 깊은 산골이었다. 야트막한 동산 위에서 흰 염소들이 한가롭게 풀을 뜯고, 노란 은행잎과 오색 단풍이 카페트를 깔아놓은 것처럼 온 동네를 도배했다. 사람들도 모두가 순박해 보였다. 그곳에 한국인 세 가족이 이민을 와서 살고 있었다. 시누이는 그들과 정을 나누며 산다고 했다.

저녁이 되자, 서울에서 온 우리를 축하해 준다고 동네 사람들이 하나, 둘 몰려왔다. 바비큐 파티를 열었다. 몇몇 호주 사람 얼굴도 보였다. 사람들은 나와 아들의 방문을 진심으로 기뻐해 주었다.

붉은 포도주를 곁들인 양고기 맛이 괜찮았다. 나와 아들은 처음 먹어보는 고기 맛을 음미하느라 정신이 없었다. 그런데 거기에 모인 사람들은 고기보다는 밥과 김치에 더 관심이 많았다. 특히 김치 항아리는 꺼내놓기가 무섭게 동이 났다.

"이 집 김치는 언제 먹어도 최고라니까."

사람들은 엄지손가락으로 최고라는 표현을 해가며 김치를 정말 맛있게 먹었다. 나는 아직 김치를 입에 대지도 않은 상태였다. 그제야 먹음직스럽게 생긴 김치가 눈에 들어왔다. 그 김치는 놀랍게도 '배추 겉절이'였다. 나는 익은 김치보다 겉절이를 더 좋아한다. 시누이가 어떻게 내 입맛을 알았을까. 김치 한 점을 입에 넣는 순간, 눈물이 핑 돌았다. 갑자기 서울을 떠나 부룩송아지처럼 날뛰는 아들을 데리고 호주까지 오게 된 아픔들이 필름처럼 돌아갔기 때문이다. 이런 나의 마음은 아랑곳없이 아들은 양고기를 먹느라 정신이 없었다.

겉절이를 먹을 때마다 나는 '젊은 맛'이라는 느낌이 든다. 소금물에 푹 절인 배추로 만든 김치보다 절이지 않아 풋풋한 배추맛 그대로를 먹는 기분이 들기 때문이다.

여기 사람들에게 김치는 고향을, 추억을, 사랑을, 아픔을, 그리움을 연결해 주는 징검다리라는 것을 알았다.

"이 김치도 먹어봐. 여기 사람들은 이 김치는 좋아하지 않네. 내가 좋아해서 담근 거야."

생각에 잠겨 있는 내게 다정한 시누이가 내민 항아리 속에는 놀랍게도 백김치가 들어 있었다. 한국에서도 먹기 힘든 백김치를 먼 이국 땅에서 만나니 만감이 교차했다. 나는 백김치 항아리를 들여다보았다. 밤, 대추, 배, 생강, 마늘, 붉은 고추 등 온갖 재료를 잘게 썰어, 푹 삶은 사골 국물과 생수를 섞은 육수를 넣어 만든 하얀 김치. 자박자박 물에 잠기도록 담긴 김치가 너무 맛있어 보였다. 시식을 했다. 맵거나 짜지 않았으며 특히 국물이 시원했다.

요즘 대학로를 나가보면, 거리 전체가 음식점 간판들로 가득 찼다.

어느 날 개업식을 한 것 같은데, 자고 나면 새 간판을 다느라 분주하다. 그만큼 경기가 안 좋다는 것 아닐까. 대학로에는 묵은지로 만든 돼지찜이 유명한 집이 있다. 그 집 앞에는 언제나 사람들로 벅적댄다. 기다려서라도 반드시 그 음식을 먹으려는 사람들이다. 나는 그곳을 지날 때마다 어릴 때 질리도록 먹은 묵은지 생각이 난다.

나는 김장하는 날이면 늘 배탈이 났다. 일하던 아주머니들이 싸주는 대로 속김치를 받아먹었기 때문이다. 굴 넣은 배춧속은 매콤하면서도 거부할 수 없는 맛이었다. 너무 매워 혀를 굴리면서도 연신 받아먹었다. 밤새 한잠도 못 자고 뒷간을 오가느라 식은땀이 났던 기억이 아직도 생생하다.

김장을 담근 날부터 우리는 마당에서 놀 때 조심해야 했다. 자두나무 아래 파놓은 김장독을 깨면 안 되기 때문이다. 그 김장은 우리 집 일 년치 반찬 창고였다. 우리 집은 겨우내 먹고도 남아 보릿고개까지 갈 수 있도록 김장을 넉넉히 했다.

나는 냄새나는 묵은 김치가 싫었다. 하지만 김치 항아리가 텅텅 비기만을 빌 뿐 반찬 투정은 할 수 없었다. 애꿎은 묵은 김치 항아리만

노려보는 것으로 그쳤다.

어느 날 된장찌개 속에 송송 썰어 넣은 김치가 입맛을 확 잡아당겼다. 그뿐인가. 돼지고기 넣고 달달 볶은 김치 또한 별미였다. 그날 먹은 묵은 김치는 분명 달랐다. 시큼한 냄새도 나지 않았다. 묵은지는 입맛을 당겨주는 밥귀신이었다.

요즘 묵은 김치를 이용한 음식점이 늘어나는 걸 보면, 아마도 나와 같은 향수를 간직하고 있는 사람들이 많기 때문일 것이다.

사십 대를 김치 맛에 비유해 보면 어떨까?

금방이라도 배추잎이 살아날 것 같은 겉절이 맛은 분명 아니다. 빛나던 젊음은 지나간 지 오래다. 아무리 치장을 해도 눈가의 주름은 숨길 수 없다.

그렇다면 마음은? 마음 또한 그렇다. 무슨 일을 시작하려면 망설이고 앞 뒤 재느라 정작 시작도 하기 전에 의기소침해지는 경우가 많은 걸 보면 역시 나이는 속일 수 없다.

그렇다면 묵은 김치 맛에 비유할 수 있을까. 그것 또한 언감생심이다. 묵은 맛, 깊은 맛, 고향의 맛, 어머니 같은 푸근한 인상, 그 어디에도 사십 대는 속하지 못한다. 아직도 화가 나는 일을 당하면 금방 얼굴이 달아오르고, 남을 넓은 가슴으로 품어주지도 못한다.

청춘도 아닌, 그렇다고 노년이라 말하기에는 설익은 나이. 그래서 사십 대를 낀 세대라고 부르는 것이 아닐까. 그렇다고 무작정 서글픈 사십 대는 아니다. 요동치는 젊음의 거리를 지나 느긋한 노년을 향해

가는 길목에 선 나이다. 평형을 유지하는 나이가 바로 사십 대이다.

　나는 사십 대를 백김치 맛에 비유하고 싶다. 호주에서 시누이가 담근 백김치를 먹을 때의 그 맛. 너무 맵거나 짜지도 않으며, 특유의 국물 맛으로 모든 사람들 입맛을 돋우는 백김치의 맛. 누구나 영양가 듬뿍 담긴 백김치를 좋아하듯, 사십 대에는 누구와도 어울릴 수 있는 여유와 풍요로움이 있다.

모두 길 위에 있다

오전에 전화하면 집에서 전화 받는 친구가 별로 없다. 그래서 아예 핸드폰으로 전화를 한다.

"어디니?"

"운동하고 있어."

"쇼핑하고 있다."

"요리 학원."

"친구 만나 드라이브나 하려고 나가는 중이야."

모두가 길 위에 있다. 체력 단련을 위해 열심히 러닝머신 위를 달리고 있고, 싼 값에 생필품을 사거나 아이쇼핑이라도 하기 위해 시장을 돌아다니고 있으며, 자격증을 따거나 좀 더 맛있는 음식을 만들기 위해 요리 학원을 다니고 있다. 이것저것 다 해본 주부는 퇴촌 쪽으로 드라이브를 떠나고 있다.

그들은 길 위에서 뭔가 얻기를 기대한다. 그러나 돌아오는 건 허무뿐이다. 이건 누구나 경험하는 일이다. 아무리 맛있는 음식점에 가서 최고의 요리를 먹고 돌아와도 시간과 돈을 뿌리고 온 것 같은 느낌이 들 때가 더 많다. 물론 좋은 친구와 아름다운 자연 속에서 잠시나마 휴식을 취한 것까지는 좋았지만 생산적이지 않다는 느낌은 지울 수 없다. 점심시간에 소문난 음식점에 가면, 삼삼오오 짝지어 온 아줌마들로 북적거린다. 얼굴이 뜨끈해진다. 그때마다 벗었던 신발을 다시 신고 밖으로 나가고 싶었던 적이 얼마나 많은가.

노란 융단을 깐 것처럼 은행잎으로 뒤덮인 늦가을 날, 나를 비롯한 여덟 명의 여자가 미사리를 향해 달리고 있었다. 우연히도 나를 빼놓은 일곱 여자는 모두가 유학생 남편을 따라 미국에서 오래 살다 온 사람들이다. 80년대 미국 유학을 한 부류는 공통점이 있다. 대부분 장학금을 받아 떠나거나, 운동권에서 극렬한 시위를 하다 쫓기다시피 떠난 도피성 유학이 많았다. 그런 점에서 누구나 생활고를 겪었다. 아내들이 접시를 닦는 건 창피한 일이 아니었다. 유학생 자녀들에게 주는 값싼 우유를 사기 위해 아이를 들쳐업고 배급받는 일, 부식이 싼 수퍼마켓에 대한 정보를 나누는 일 등으로 만나다 정이 든 사람들이다. 그렇게 공부를 마친 남자들은 한국에 돌아와 교수도 되었고, 연구원도 되었다. 그러나 생활비를 아끼기 위해 눈물을 반찬 삼아 먹었던 아내들은 한국에 들어와서도 할 일이 없다. 단지 교수의 아내라는 그럴듯한 호칭 외에. 공교롭게도 일곱 여자 모두 명문대를 나왔다. 한때는 총망 받던 재원이었으며, 이 세상에 두려울 것이 없던 여성들이었다.

그러나 지금 그들은 좀 더 맛있는 점심을 먹기 위해, 아니 남아도는 시간을 죽이기 위해 미사리를 가고 있다.

미사리는 왠지 답답한 것 같아 다시 길 위에 섰다. 퇴촌을 지나 양평 바탕골 예술극장 쪽을 향해 가는 길이다.

"남들은 우리보고 팔자 좋은 여편네들이라고 욕하겠지."

"맞아. 점심 때 양수리 샛강을 끼고 맛있는 집이나 찾아다니는 유한 마담들이라고…… . 푸풋…… ."

그중에 몇은 전공을 살려 무슨 일이든 해보려 애썼다. 교직을 원하기도 했고, 남편 친구가 운영하는 벤처에서 기획 일을 해보고 싶기도 했다. 능력은 인정받았다. 그러나 결국 일자리를 얻지 못했다. 학벌에 비해 경력이 너무 없다는 이유였다. 결혼한 여자가 재취업을 하는 건 낙타가 바늘구멍을 지나는 것과 같았다. 할 수 없이 자녀들 뒷바라지하는 것도 투자라는 생각으로 집안에 머무는 쪽을 택했다.

"과외비 들이지 말고 직접 가르치자."

중학교까지는 그 논리가 어느 정도 맞았다. 그러나 수시로 바뀌는 입시 정책에 맞춰 고등학생이 된 자녀를 직접 가르칠 수는 없었다. 학원을 보내거나 과외를 시켜야 했다. 더군다나 자녀들이 외국에서 살다 왔기 때문에 언어 영역이 약했다. 사교육비가 만만치 않았지만 어쩔 수 없었다. 그때처럼 자신이 일을 해야만 한다는 강박 관념이 들었던 적도 없었다. 그러나 결국은 이렇게 비슷한 경험과 환경에 사는 여자들끼리 모여 하소연하는 일밖에 남지 않았다.

차는 양평 쪽을 향해 달리고 있었다. 그 와중에 한 여인이 가방을 뒤

척이더니 시집 한 권을 꺼냈다. 무작정 읽어 나갔다. 나머지 여인들은
그녀가 한숨처럼 읽는 시를 그저 듣고만 있을 뿐이었다.

결혼의 세계

결혼한 지 일 년이 되니까
이런 생각이 들어.
미혼의 세계는 FM 같고
기혼의 세계는 AM 같다고.
언니는 지금도 FM 방송을 더 많이 듣지?

중략……

그보다도, 난, 스스로 AM 방송국이 되어
하루 종일 상투적인 전파를 송신하고
퍼트리는 너절한 주부생활 방송국 국장이 되어
중략……

결혼한 여자라고 해서 FM을 안 듣는다는 건
잘못 유포된 미신이야. 결혼한 여자는 AM의 세계에만
머물렀으면 하는 건, 남자 중심주의가 만든

민속신앙이야. 이상하지, 우리의 속신은 남자를 위해
남자에 의해 만들어진 것이 더 많은데
여자들이 더 열렬하게 옹호하고 전파한다는 것은,
난 마음의 지하실에 무수한 FM 방송국을 세우고
또 허물어. 물론 낮에는 AM 방송국에 근무도 하지.
다만 왼손과 오른손의 세계 어느 것 하나 잃어버리고
싶진 않아서.

중략……
향기의 초현실을 만드는 그녀를 닮기 위해
결혼의 세계엔 때로 살육과 뼈가 튀었다.

— 김승희, 〈결혼의 세계〉에서

모두가 공감한다는 듯 고개를 주억거렸다.

그러자 그중에 가장 나이 많은 여자가 나서서 큰 목소리로 말했다.

"우리 자원봉사 해보는 건 어때?"

"좋지……. 그런데……"

모두 심드렁한 표정들이다. 누군들 자원봉사하는 걸 마다하고 싶겠
는가. 하지만 그 일도 그리 녹록치 않다는 걸 이미 경험해 본 사람들
이다. 매주 한 번씩 정해놓고 자원봉사를 나가는 것도 쉬운 일은 아니
다. 어쩌다 집안일 때문에 빠지면 그 다음부터 리듬이 깨진다. 몇 번
반복되면 신뢰성을 잃게 되고 점점 흐지부지되고 만다. 물론 성실하

게 잘 한다면 좋겠지만, 본의 아니게 다른 일도 생기게 마련이다.

이렇듯 이 땅의 많은 주부들은 고민하고 있다. 빈 시간을 어떻게 땜질하며 나갈 것인지에 대해. 이 고민은 많이 배웠든, 그렇지 못했든 상관이 없다. 사실 식당 서빙도 전업주부는 달갑게 여기지 않는다. 그 분야도 어느 정도 경험자를 찾는다.

부동산 중개사 시험 준비를 한다거나, 공무원 시험 준비를 하는 주부들도 많다. 시립 도서관에 가보면 의외로 고시 공부하듯 시험공부를 하는 주부들을 많이 만날 수 있다. 자식 같은 학생들과 앉아 끙끙대며 자격시험 공부를 하는 여성들을 보며, 헛된 시간이 안 되길 빌면서도 또 다른 걱정이 앞서는 건 어쩔 수 없다. 자격증만 따면 새취업이 가능한 것인지 장담할 수 없다.

남자들과 똑같이 경쟁해서 학교 들어가 어쩌면 더 좋은 성적으로 졸업하고도 남편 뒷바라지와 자녀를 키우고 나면 폐차 취급당하는 이 땅의 수많은 아줌마들이 이렇게 많은 생각을 하며 산다는 걸 세상사람들은 알고나 있을까?

아줌마들이 맛있는 집에 앉아 아무 생각 없이 웃고 떠드는 것 같아도 할 일 없는 아줌마들 팔자 좋다고 이야기하지 마라. 거기에 앉아 있는 사람들 역시 무언가 자신이 하고 싶은 일을 찾고자 하는 사람들이다. 그러나 한국 사회는 이런 아줌마들을 맞아줄 준비가 되어 있지 않다. 그래서 그들 속은 활화산처럼 끓고 있다. 그때마다 벗었던 신발을 다시 신고 밖으로 나가고 싶었던 적이 얼마나 많은지 모를 것이다.

마흔을 견디는 작은 주문

"네 신랑, 선생님이라고 할 때 좀 그랬는데…… 지금은 네가 젤 부럽다. 나도 연금 받는 남편 얻을 걸."

"유산 받을 수 있는 너희들은 좋겠다. 나는 유산은커녕 시어머니, 시아버지 노후 보장까지 해드려야 하니 영 살맛이 안 난다."

"내가 요즘 제일 부러운 사람이 누군 줄 아니? 남편이 일찍 회사에서 손 털고 나와 라면집이라도 차린 사람들이야. 우리 남편은 매일 간당간당 줄타기를 하며 살잖아. 월급도 깎였고……."

친구들이 모이면 늘 하는 말이다. 모두 머리가 희끗희끗 하얀 꽃이 피기 시작한 틀림없는 중년 아줌마들이다. 모아놓은 돈도 없고, 유산 받을 기미는 더더욱 없고, 남편은 마흔 후반에서 쉰을 바라보는데 미래에 대한 비전이 없다는 이야기들이다.

"남편만 믿고 살아온 내가 바보 같았어. 은근히 남편도 이런 나를 무능한 여자로 보는 것 같고……. 지금이라도 뭔가 시작해 보면 안 될까?"

그리고 이어지는 말도 대부분 같다.

"국밥집이나 할까."

"나는 도시락 배달이나 할까. 깨끗하잖아."

"책방 할까. 우리 동네에 서점이 하나도 없는데 말이야."

당장이라도 일을 벌일 것처럼 구체적인 계획까지 늘어놓기 시작한다. 그러나 다음에 만나면 대화는 원점으로 돌아갈 때가 많다. 생각을 행동으로 옮기는 걸 두려워하는 건 서른을 지나 마흔이 되어도 마찬가지다. 매일 모래성만 쌓다 마는 꼴이다. 어쩌면 돈을 벌어야 할 절박한 상황이 아니기 때문에 나서지 못하는 것일 수도 있다.

실제로 몸으로 세상과 부딪치는 친구가 있다.

국문학을 전공한 후배의 이야기다.

남편 직장 따라 포항에 살 때는 본인이 학원을 운영했었다. 학원이 잘 되어서 돈을 많이 벌었다고 한다. 서울로 이사를 오면서 모든 게 물거품이 되고 말았다. 남편이 서른아홉이 되면서 자기 일을 해보고 싶다고 했다. 그녀가 모아 두었던 돈과 퇴직금을 다 털어 여의도에 큰 식당을 운영했다. 하얀 와이셔츠 입고 팬대만 굴리던 남자가 식당일을 하려니 생각처럼 잘 굴러가지 않았다. 결국 남에게 식당을 헐값으로 넘기고 말았다. 남편은 친구가 하는 식당의 월급쟁이로 나가 한 달에 1백만원 조금 넘는 돈을 가져올 뿐이었다. 그 돈으로는 도저히 살림을 할 수 없었다. 그녀는 포항에서의 경험을 살려 학원을 열까 싶었지만, 서울은 포항과 달랐다. 규모도 커야 하고, 준비해야 할 것이 너무 많아 자칫하면 자본금만 날릴 게 뻔했다.

작은 김밥집을 해보려고 온 동네를 다 돌아다녔다. 적은 돈으로는 시작도 할 수 없을 만큼 권리금과 가겟세가 비싸 그만 주저앉고 말았다. 결국 식당에서 서빙하는 일을 시작했다. 아침 9시에 출근해 밤 9시까지 꼬박 12시간을 일하고 받는 돈이 고작 80만원이었다. 그녀는 그 돈봉투를 받고 화장실에 가 울었다고 한다. 돈 버는 것이 이토록 어렵다는 걸 실감하면서. 잘 벌 때 돈 좀 모아놓을 걸. 남편 회사 그만 둔다고 할 때 말릴 걸. 후회가 막급했지만 소용이 없었다.

"요즘은 마흔 넘은 아줌마는 서빙하는 일도 구하기 힘들어."

"보험 아줌마도 마흔 넘으면 퇴물 취급하잖아. 요즘은 젊은 남자들이 들어와 건수 팍팍 올리기 때문에 아줌마도 옛날처럼 일하려고 해도 설 자리가 없다니까."

그 친구를 만났을 때 하던 말이다. 그러면서 서빙이라도 해서 아이들 학원 보낼 수 있어 다행이라고 했다.

대학을 나와 교직 생활도 해보고 학원을 운영하며 나름대로 중산층의 삶을 살아오던 친구가 하루아침에 곤두박질해서 힘겹게 사는 것을 보며, 그 친구 개인만의 문제는 아니라는 생각이 들었다.

우리나라 경제를 보면 끝이 보이지 않을 때가 많다. 일자리 창출을 하겠노라 힘주어 말하는 정부의 외침은 누구를 위한 종소리인지 모르겠고, 부동산 정책을 발표할 때마다 엉뚱한 사람 주머니만 채워주고,

서민은 이제 죽겠다는 표현조차 할 수 없을 만큼 지쳐 떨어진 상태다.

  내 친구처럼 평균치의 삶을 살아온 사람들을 하루아침에 나락으로 떨어지게 만든 것도 잘못된 경제 정책 때문 아닌가. 물론 남편의 식당 사업이 잘 되지 않은 것은 개인의 문제도 있을 것이다. 그러나 전체적인 사회 분위기가 침체이다 보니 개인들은 힘도 써볼 여력이 없다. 숨이 막혀 죽겠다는 사람들뿐이다. 이렇게 한탄하고 정부를 욕한다고 나아질 것인가. 나는 갑갑하거나, 내 삶이 신산스럽다고 느낄 때마다 이 시를 읽는다.

긍정적인 밥

시 한편에 삼만 원이면
너무 박하다 싶다가도
쌀이 두 말인데 생각하면
금방 마음이 따뜻한 밥이 되네

시집 한 권에 삼천 원이면
든 공에 비해 험하다 싶다가도
국밥이 한 그릇인데
내 시집이 국밥 한 그릇만큼
사람들 가슴을 따뜻하게 덮여 줄 수 있을까

생각하면 아직 멀기만 하네

— 함민복, 〈긍정적인 밥〉에서

함민복의 '긍정적인 밥'이란 시이다.

이 시인은 정말로 가난한 삶을 살고 있다. 강화에 쓰러져 가는 폐가를 개조해서 사는데 영혼만은 늘 행복하단다. 물론 시인이기 때문에 남다른 정서를 가진 탓이기도 하리라.

돈은 필요하다. 많을수록 좋은 것도 부인할 수 없다. 나도 유산을 물려줄 부모가 있고 남편이 차고 넘치도록 돈을 벌어다 주었으면 좋겠다는 말을 농담처럼 자주 한다.

그러나 곧 평정을 찾는다. 큰 것을 바라느라 작은 행복을 잃어버리는 우매한 짓은 그만두고 싶다. 내 통장에 돈이 없다고 아무리 낙담해도 통장에 돈은 들어오지 않는다. 나는 내가 작아보일 때마다 감사할 조건을 메모지에 조목조목 적는 습관이 있다.

그때 내 입에서 나오는 말은,

"그래도 나는 행복하다"라는 고백이다. 이 작은 자기 주문이 나를 견디게 하는 힘이다. 일종의 자기 주문이라도 있어야 이 눅눅한 세상과 마흔이라는 나이를 견뎌낼 수 있지 않겠는가.

여자 나이 마흔, 자기만의 휴게소가 필요하다

그냥 스스로 되는 일은 없다

오래전 소설가 박완서 님을 인터뷰한 적이 있다. 내가
맡고 있는 프로그램의 연말 특집을 위한 취재 때문인데,
내 마음은 콩밭에 가 있었다. 나의 우상인 작가를 만난다는 설렘으로
밤잠을 설쳤다. 선생님은 인자한 미소로 나를 맞아주셨다. 방송에 필
요한 녹음을 끝내고 나는 슬며시 나의 속내를 드러내고 말았다.

"저도 소설 쓰고 싶어요."

그 당시 나는 방송일 하면서 두 아이 뒤치다꺼리를 하느라 소설 쓸
엄두도 못 내고 있었다. 하지만 마음은 늘 소설을 꿈꾸고 있었다.

"흔히 나를 마흔에 등단한 작가의 대명사처럼 말하더군요. 마치 내
가 마흔이 되기 전까지는 아무것도 안 하고 놀다 혜성처럼 나타난 것
처럼…… 나는 마흔이 되기 전부터 작가 의식을 가져보지 않은 적이
한 번도 없는데 말이에요. 아이를 키우면서도 그랬고, 설거지를 하면

서도 늘 작품 구상을 했지요. 물론 책도 많이 읽었고 혼자 습작도 많이 했고요. 작가가 되기 위해 집안에 걸레가 말라 비틀어져도 눈 하나 까딱하지 않고 앉아서 글만 쓸 배짱이 없으면 아예 시작을 않는 게 낫지요. 요즘 너도나도 박완서처럼 마흔에 작가가 되겠다고 무작정 나서는 사람들이 많다는 이야기를 들으면 씁쓸해요……."

잔잔하지만 힘이 들어간 목소리였다. 나를 향한 질책 같았다. 쥐구멍이 있으면 들어가고 싶은 심정이었다. 나는 더는 자리에 앉아 있을 수가 없어 도망치듯 선생님 댁을 나오고 말았다. 그날 선생님의 말씀은 지금도 내 마음의 회초리가 되어 나를 채찍질하고 있다.

나 역시 어느 날 갑자기 작가가 되리란 생각은 하지 않았지만, 입으로만 소설을 쓰고 있는 내가 부끄러웠다. 나는 그 후로 조금씩, 그리고 꾸준히 내공을 쌓는 훈련을 했다. 그야말로 아이들 숙제를 봐 주면서, 설거지를 하면서, 방송 원고를 쓰면서도 나만의 글 세계를 다듬기 위해 애썼다. 내가 서른아홉에 소설의 기초를 쌓게 된 계기다.

그러나 내가 서른아홉에 소설의 기초를 쌓기 전까지 내 창작의 바탕이 되어준 곳은 대학로였다.

나는 결혼 전 마로니에 공원에서 남편과 데이트를 했고, 동숭동의 본가에 들어와 살면서 사내아이 둘을 연년생으로 낳았다. 마로니에 공원은 자연스레 아이들의 놀이터가 되었다. 콩 튀기듯 주먹질을 해 대는 사내놈들을 감당하기 힘들 때마다 나는 아이들의 작은 어깨에 배낭을 메주었다. 소풍을 떠나는 것이다. 아이들은 공원에만 나오면 이상하리만치 서로에게 너그러워진다. 언제 치고받으며 싸웠느냐는 듯 둘도 없는 친구가 되어 논다. 밖에서 조금 논 뒤, 나는 아이들을 데리고 미술관이나 사진전시회를 찾는다. 아이들은 넓은 전시장을 운동장 삼아 이리 뛰고 저리 뛰느라 정신이 없다. 아침 시간이라 관람객은 없지만 여간 난감한 게 아니다.

그때 나는 아이들에게 즉석에서 창작 동화를 만들어 들려준다. 망아지처럼 뛰놀던 아이들은 엄마의 이야기에 빠져, "그래서? 어떻게 되었는데……"를 연발한다. 피곤해지면 거꾸로 아이들에게 그림을 보고 엄마에게 이야기를 해달라고 주문을 한다. 아이들은 좀 전 엄마가 한 이야기를 연결하려 애쓰며 상상 속의 나래를 편다. 때로는 콧잔등에 송송 땀까지 흘려가며.

철없는 엄마와 두 아들은 밤이슬처럼 자연스럽게 대학로 문화를 먹으며 성장해 왔는지 모른다.

그 당시 나는 자신이 쇠철창 안에 갇힌 새처럼 느껴질 때가 종종 있었다. 결혼이란 제도가 '나와 너'만의 만남이 아니라, 시댁과 친정이란 관계 속에서 힘들었다. 그때마다 등에 아이를 업은 나는 대학로를 돌고 돌며 나를 다듬질해야만 했다. 그때 거리 공연을 하는 이름 없는 가수들이 열정적으로 노래하는 것을 보며 작은 일에 얽매여 사는 내가 부끄러웠다.

'저들은 저렇게 열심히 살고 있는데 나는 왜 이 모양인가. 내가 선택한 인생인데…….'

왠지 콧잔등이 찡해 올 때도 있었고, 잘못된 길에서 헤매는 미아 같은 느낌이 들어 혼자 서럽게 운 적도 있었다. 그럴 때면 등 뒤의 아이는 엄마를 위로라도 하듯 조막만 한 얼굴을 내 등에 마구 비벼댔다. 엄마의 슬픔이 등줄기까지 전이되었던 것일까.

어쨌든 나는 대학로의 미술관이나 전시관 등을 관람하며 가슴 속 깊이 치솟는 알 수 없는 분노와 자기 학대 등을 잠재웠다.

아이들이 유치원에 들어가면서 내 시간이 조금씩 나자, 나는 본격적인 대학로 문화에 젖어보기로 결심했다. 좋은 연극, 뜻 깊은 전시회는 물론 시간이 날 때마다 극장을 찾아 허기진 영혼의 항아리를 채워가기 시작했다.

아이들과 함께 공원 소풍 나가는 건 여전했다. 그림 전시회 등을 보거나 사당패 놀이, 연극 등을 통해 숨을 쉬듯 자연스럽게 문화를 접하게 된 것이다. 나는 아이들에게 그림이나 사진을 보며 이야기를 만들어 줄 때마다 언젠가는 창작을 해보리라 생각했고, 영화를 보면서도 그랬던 것 같다. 저 장면에 들어갈 나름대로의 삽화를 상상하기를 즐겼다. 그 순간만큼은 실존을 잊을 수 있어 좋았다. 이렇듯 마음이 풀린 뒤라 집에 들어가면 시어른이나 남편과 부딪칠 일이 있어도 쉽게 피할 수 있었다.

그때부터 나는 생각했다, 나에게 주어진 환경을 내 것으로 만들리라고. 나는 대학로를 오가며 얻은 영감과 많은 볼거리 등을 지금 나의 창작의 밑거름으로 쓰고 있다. 그때 흘린 눈물이 결코 헛된 것이 아니었구나, 라는 생각을 가끔 한다. 큰아이가 디자인을 전공하고, 작은아이는 영화 연출 공부를 하는 것 또한 우연은 아닐 것이다.

이 세상에 그냥 되는 건 아무것도 없다. 마흔에 들어선 여성들을 보면 누구나 꿈꾸고 있다. 그러나 내가 박완서 님을 만나서 된서리를 맞은 것처럼 마음으로만 바라고 있다. 구체적인 노력이 없다는 것이 문제다. 중년의 꿈은 구체적이어야 한다. 허상은 상처만 받을 뿐이다. 가장 좋은 방법은 자신이 가장 잘하는 분야에 도전장을 내보는 것이다. 그래야 자신감도 생기고 실패율도 적다.

꿈은 이루어진다. 단 준비되어 있는 사람에 한해서다. 준비되어 있지 않으면 기회가 와도 잡을 수 없다. 나는 사실 아무것도 내세울 것이 없다. 그래서 아직도 꿈꾼다. 내가 꿈꾸는 세상을 작품으로 형상화하는 작업이다. 그건 저절로 되는 게 아니라는 걸 알기 때문에, 나는 앞으로도 계속 수험생처럼 살 것이다.

제4장

여자 나이 마흔,
준비할 것은 따로 있다

여자 나이 마흔에 가져야 할
열세 가지 마음 자세

솔직하게 살자

올해 마흔여덟 살인 그녀는, 자기보다 남을 먼저 배려하는 성격이다. 그녀는 남편과 동네에서 꽤 큰 문구점을 하고 있다. 그녀의 남편은 매우 자유분방한 성격이다. 그는 문구점에 갇혀 일하는 것이 답답하게 느껴질 때마다 오토바이를 타고 어딘가를 다녀오곤 한다. 그녀의 남편이 BMW 오토바이를 타는 모습을 보면, 액션 배우 못지않을 만큼 멋지다. 남편은 자신의 수려한 외모에 걸맞은 자동차나 오토바이를 사는 게 취미다. 집을 팔아서라도 자동차나 오토바이를 바꿔야 직성이 풀릴 정도로 마니아다. 그녀는 남편이 수시로 거금을 들여 오토바이나 자동차를 바꿀 때마다 잔소리는 하지만, 대부분 덮어주는 편이다.

그런데 얼마 전에 그녀가 유방암에 걸리고 말았다. 수술 날짜를 받아 놓았다고 해서 그녀를 만나기 위해 가게에 잠깐 들렀다.

"너무 참으니까 병에 걸리지."

워낙 친한 사이라 그동안 참았던 말을 해버리고 말았다. 사실 나는 그녀가 그렇게 참으며 사는 세 이해할 수 없었다. 아닌 건 아니라고 딱 부러지게 말할 줄 알아야 남편도 자제를 할 것 아닌가!

"내가 C형이잖아! 나처럼 무조건 참고 사는 사람을 C형이라고 한다며? 암의 첫 글자 C에서 나온 은어라고 하던데……. 병 걸리고 나니까 딱 맞는 말이라는 생각이 들어."

그녀는 후회가 된다는 듯 말했다. 그녀의 말이 일리가 있다. 그동안 암(CANCER)에 걸린 사람들을 보면, 대부분 잘 참는 사람이었던 것 같다. 너무 참다 보면 분노의 감정이 마비된다. 나중에는 화를 내고 싶어도 습관이 되지 않아서 쉽게 감정을 표출할 수조차 없게 된다. 사람들은 화를 잘 안 내는 사람을 그저 너그럽고 편해서 좋다고 한다. 정작 그 사람 속에서는 화가 병이 되어 썩고 있는데도 말이다.

이제부터라도 속을 드러내며 살자. 무엇이든 처음이 힘들 뿐, 해보면 별 것 아니다. 참고 있으면 상대방은 자신의 잘못에 대해 모르고 지날 때가 많다. 아닌 것은 아니오, 싫은 것은 싫다고 솔직히 말할 줄 알아야 한다.

자녀에게도 마찬가지다. 무조건 참는 것만이 능사는 아니다. 자식들도 안 되는 것은 끝까지 아니라는 걸 알고 커야 한다. 부모에게 거절당해 보지 않은 자식은 모든 사람이 자신의 말을 백 퍼센트 다 들어 줘야 한다는 착각 속에서 산다. 그런 자녀는 부적응아가 되고 말 것이다. 여자 나이 마흔은, 자기감정에 솔직해져도 괜찮은 나이다.

즐겁게 살자

학창 시절에는 얌전하고 조신한 여자 아이들이 매력 있었고, 남자들도 그런 애들을 더 좋아하는 것 같았다. 워낙 말괄량이 기질이 다분했던 나는 그런 여자애들을 은근히 질투하기도 했다.

그러나 언제부터인가 '명랑, 쾌활, 활달한 성격'을 가진 사람들이 더 사랑받고 있다. 꾸밈이 없어 편하기 때문이다.

아줌마 세계도 마찬가지다.

처음에 만났을 때는 얌전하고 차분한 사람에게 관심이 쏠린다. 그러나 몇 번을 만나도 늘 그 모습 그대로라면 답답하다. 자신의 의견을 정확히 말할 줄도 모르고, 남들이 하자는 대로 따라만 다니는 여자. 두 번 이상 만났을 때에도 속내를 보이지 않을 뿐더러, 베일에 싸인 듯한 행동을 하는 아줌마에게는 나도 마음의 문을 열지 않는다. 벽 같은 느낌이 들기 때문이다.

노래방에 가면 노래를 잘하는 사람이 가장 멋지다.

요즘은 대한민국 아줌마라면 가수 뺨칠 정도로 멋들어지게 감정, 박자, 음정 정확하게 부른다. 나는 노래방에 가서도 신나게 즐겁게 재있게 놀 줄 아는 아줌마가 좋다. 그런 여자들을 보면 살림도 잘하고, 아이도 잘 키우고, 남편과의 부부금슬도 좋다.

바로 인생을 즐겁게 살 줄 아는 모습이다.

한 번밖에 없는 인생, 어느덧 사십이란 나이에 서 있지 않은가. 아직도 망설이고 새침데기 노릇을 한다고 누가 예쁘다고 조신하다고 상이라도 준단 말인가.

노는 것도 훈련이 필요하다. 고기도 먹어본 사람이 맛있게 고기 요리를 해 먹을 줄 알듯이, 노는 방법을 모르면 끝까지 우중충하게 살고 말 것이다.

노래를 부를 줄 모르면 배우면 된다. 우리 주변에 널려 있는 게 노래 교실이다. 무료 강좌도 많다. 하다못해 동사무소에만 나가도 가요교실은 언제나 열려 있다. 그런 곳에 일단 접수해 보라. 사는 게 즐거워질 것이다.

즐겁게 살면 제일 먼저 내가 행복해지지만, 주변인들에게도 행복이 전염된다. 웃는 사람을 보고 불쾌할 사람은 없다. 웃음은 행복의 특효약이다. 한 가정의 주부가 즐거워야 온 가족이 행복해진다는 건 영원한 진리다.

증오심을 갖지 말자

누군가를 증오하고 미워하며 산다는 건 생지옥이다. 하지만 많은 사람들이 생지옥인 줄 알면서도 그 속으로 걸어 들어가는 경우가 많다.

지독한 시어머니와 살던 며느리가 있었다. 시어머니는 며느리를 꼼짝 못하게 했으며, 무엇이든 자기 고집대로만 했다. 시어머니는 하나밖에 없는 아들을 젖먹이처럼 생각했다. 며느리는 겉으로는 순종하는 척했지만, 마음속으로는 시어머니를 증오하며 살았다. 불행하게도 그 며느리는 깊은 병이 들어 시어머니보다 일찍 죽고 말았다. 그때 주변 사람들이 말했다.

"그 불쌍한 며느리 죽어서 천국 갔을까?"

그동안 혹독한 시집살이를 한 걸 아는 지인들이 이구동성으로 말했다. 그러자 그녀가 다니던 교회의 목사님이 말했다.

"성경에 주님을 믿기만 하면 천국에 간다고 하셨으니 며느리는 분명 천국에 갔을 것입니다."

"다행이네요."

사람들이 말하자 목사님은 하늘을 바라보며 혼잣말처럼 중얼거렸다.

"그러나 안타깝게도 그녀는 이 땅에 사는 동안 지옥을 산 셈입니다. 가슴 속에 늘 미움이 있었으니까요."

이 며느리처럼 사는 사람들이 얼마나 많은가. 미움으로 가득 찬 가슴은 용광로처럼 끓고 답답하다. 누군가를 미워하면 그 주변인조차도 다 싫다. 미움과 증오는 자신을 피폐하게 만들 뿐이다. 여자 나이 마흔은 마음속에 증오를 버리는 것으로부터 시작되어야 한다.

증오는 악의 꽃이다. 자신을 파멸로 이끄는 늪의 유혹에 빠지지 말자.

자식에 대한 기대치를 버리자

부모의 마음은 하나다. 자식이 잘 되는 것이 최고의 행복이며, 존재이유라는 점에서 말이다.

그러나 자식은 부모가 원하는 기대치에 십 분의 일도 못 미칠 때가 많다. 그건 부모의 욕심이 크기 때문이기도 하지만, 각자 가치관이 다르기 때문이다. 물론 세대 차이도 무시할 수 없다.

누구나 느꼈을 것이다, 내가 원하는 대로 자식은 절대로 따라와 주지 않는다는 것을. 그럴 때마다 부모들은 실망한다.

나 역시 그랬다. 두 아들 모두 공부도 제법 하고 운동도 잘했기 때문에 어느 정도 뒷바라지만 해주면 자랑스러운 아들이 될 것이라 믿었다. 그런데 조금씩 나의 믿음에 금이 가는 일들이 생기면서, 나는 늪에 빠지는 듯했다.

비바람이 치는 날 아침, 등교하는 아들의 휠체어를 끌고 가는 한 어머니를 본 순간, 나는 깨달았다. 지금까지 내가 자식을 바라보는 시선

이 얼마나 사치스런 생각이었는가에 대해.

명륜동에서 종로 5가에 있는 초등학교까지 아들이 탄 휠체어를 눈이 오나, 비가 오나, 바람이 부나 하루도 빼놓지 않고 데려다주는 어머니. 그녀는 내가 다니는 교회 집사님이었다. 마침 나도 같은 방향으로 일을 보러 가다 그 어머니를 만난 것이었다.

그 어머니의 얼굴에는 환한 빛이 떠나지 않았다. 이상했다. 나 같으면 죽고 싶을 만큼 절망적인 환경임에도 불구하고 (그 남편은 아들이 장애우인 것에 부담을 느껴서인지 다른 여자와 바람이 나 집을 나가 버렸다.) 늘 잔잔한 미소를 머금었다.

어느 날, 마로니에 공원에 앉아 그 어머니와 이야기를 나눌 기회가 있었다.

"힘드시죠?"

"힘들다는 생각 버린 지 오래되었어요. 저 아이라도 없으면 살아갈 이유가 없거든요."

그때, 나는 내 아이가 두 발로 걷고 있다는 사실, 말을 너무 잘해서 내 속을 뒤집어 놓을망정 언어 장애 때문에 힘든 적이 없다는 것, 얼굴이 일그러진 곳이 하나도 없다는 사실이 얼마나 감사한지 뼈 속 깊이 깨달았다. 그 어머니는 장애우인 아들을 놓고도 감사와 감격을 잃지 않고 사는데, 나는 나의 기대치에 못 미친다고 스스로를 너무 들볶으며 살지 않았나, 묻지 않을 수 없었다.

어머니가 할 수 있는 일은 자녀를 위한 간절한 기도라는 것도 그 어머니를 통해서 깨달았다.

'자녀에 대한 기대치를 내려놓은 자리에 기도를!'

내 마음속의 선서와 같은 문구다. 영원할 것이다, 이 마음은.

마음의 부자가 되자

나는 지금까지 운전을 안 한다. 못 하는 것이 아니라, 그냥 운전을 하고 싶지 않을 뿐이다. 대중교통 이용을 즐기는 편이다. 차 안에 앉아 세상 구경하는 것이 내 창작의 밑거름이 되기 때문이다.

나는 몇 해 전까지 차 없이 취재를 하러 다녔다. 사건이 있는 곳이나 특별한 삶을 사는 사람들을 주로 만났다. 취재를 나가기 전에 약속을 하려고 전화를 하면 반드시 이런 질문을 받는다.

"차 갖고 오실 건가요?"

그들은 길 안내를 하려고 묻는 것이다.

나는 대중교통을 이용한다고 말한다. 그런 후 취재원을 만나면 두 가지 반응을 보인다.

"대단하시네요. 차를 안 갖고 다니는 걸 보면……, 훗훗."

이렇게 차를 갖고 다니지 않는 리포터에 대해 호의적인 반응을 보이는 사람은 인터뷰에도 성실하게 응해준다.

그런가 하면,

"차도 없이 취재 다니는 사람이 있다니 놀랍네요."

그 취재원은 나를 별나라에서 온 듯 은근히 무시하는 말투로 비아

냥거린다. 그런 사람일수록 무성의한 태도로 인터뷰에 응한다. 나는 그런 취재원을 만날수록 더욱 프로 근성으로 다가가 내가 필요한 정보를 얻어낸다.

사람들은 결혼한 여자를 평가할 때 은근히 그 여자의 배경을 보고 평가한다는 것을, 나는 일하면서 느꼈다. 특히 남편이 무엇을 하는가에 내한 편견이 심하다. 심지어 내가 차도 없이 여기저기 취재를 다니는 것이 남편의 돈벌이가 부실해서가 아닌가, 은근히 돌려 말하는 사람도 있었다.

나는 잘 살지도 않지만, 그렇다고 가난하지도 않다. 차 없이 다니는 걸 즐기는 편이다. 그건 내 마음이 부자이기 때문이다.

정말 가난한 사람은 가난을 느낄 겨를이 없다. 일용할 양식만 있으면 만족한다.

우리가 스스로를 가난하다고 느끼는 건 상대적인 빈곤감에서 오는 것이다. 나는 집을 잘 꾸며놓고 사는 집에 가면, 내가 사는 집이 움막처럼 보일 때가 있다. 그때마다 나를 채찍질하는 말이 있다.

"비가 억수로 쏟아지는 날, 지붕이 새지 않는 집에서 살 수 있다는 것만으로도 우리는 부자다."

아주 오래전, 난지도에서 쓰레기를 줍는 부모를 둔 아이들을 가르칠 때 교장이었던 선배가 한 말이다. 나는 그때 진짜 가난이 무엇인지 눈으로 목격했다. 나 역시 돈이 없어 학비를 스스로 벌어 공부해야 하는 입장이었지만, 내가 입은 청바지는 그들에게 명품이었다.

나의 집을 방문한 경험이 있는 사람들은 모두 한 마디씩 한다.

"너희 집은 도둑이 들어와도 훔쳐갈 게 없어서 그냥 갈 거야. 책밖에 없으니……."

그래도 나는 늘 가진 게 많다는 생각으로 산다. 쓰레기 더미를 헤치며 사는 난지도 사람들을 이미 보았기 때문에 가능한 일이다.

많이 가진 사람과 비교하면 나만 초라할 뿐이다. 내가 가진 목록을 적어보자. 의외로 적어야 할 목록이 많을 것이다.

나는 나다

성경에 보면 "네 이웃을 네 몸과 같이 사랑하라"는 구절이 있다.

이웃을 사랑하기 전에 자신부터 사랑하라는 말이다. 이 말은 뒤집어 보면 자신을 사랑하지 않고는 절대로 남을 사랑할 수 없다는 말이다. 나를 사랑하는 건 이기적이 아니다. 지극히 당연한 일이다.

자신을 사랑하지 못하는 이유를 가만히 들여다보면, 남과 나를 비교하기 때문이다. 불행은 비교하는 데서부터 시작된다.

S와 J는 대학 동창이다. 둘 다 외동딸이어서 온 가족의 사랑을 독차지하며 살았지만, 형제가 없기 때문에 늘 허전했다. 그 마음이 통해서였는지 단짝 친구가 되었다. 둘은 같은 시기에 결혼을 했다. S는 남들이 부러워할 만큼 좋은 조건의 남자와 중매로 결혼했고, J는 자기 아니면 죽을 것이라며 쫓아다니는 남자와 결혼했다. 결혼 초에는 사는 것에 상관없이 둘은 변함없이 만났다. 그러나 J의 형편이 점점 나빠지

고 남편의 괴팍한 성격 때문에 힘들어지면서, J는 S를 피했다.

"네 앞에 초라한 내 모습을 보이고 돌아온 날은 밤새 한잠도 못 잤어. 아무리 너와 나의 삶을 비교하지 않으려 애써도 그게 잘 안 돼. 당분간 너를 만나지 않을거야."

어느 날 J가 S에게 심각한 어조로 한 말이었다. S는 그 순간 자신이 죄인이나 된 듯 아무 말도 하지 못했다. J의 마음을 이해할 수 없는 것은 아니지만, 반드시 그랬어야만 할까.

자본주의 사회에서 돈이 사람의 척도가 되는 건 부인할 수 없다. 하지만 모든 사정을 알고 마음을 나눈 친구 사이까지 형편이 안 좋다는 이유만으로 자신을 비하하는 건, 너무 자존심 상하는 일 아닌가. 나는 그렇다. 나보다 월등하게 잘 사는 친구들을 보면, 자랑스럽게 여기기로 마음먹었다. 그 친구가 부모의 유산을 물려받아 잘 살거나, 남편이 능력 있어 상류사회의 모든 것을 누리며 사는 모습을 부러워하는 대신, 그럼에도 불구하고 나와의 우정을 소중하게 여겨주는 그들의 마음을 받아들이기로 했다. 그렇게 생각하고 나니 마음이 편했다.

나는 오직 나일 뿐이다.

돈이 많다거나 잘 나가는 여성들도 만나보면 그 속내는 비슷하다. 스스로를 폄하할 필요가 없다. 지금부터라도 자신을 사랑하자. 내가 나를 소중하게 여기지 않으면 세상 사람들도 나를 무시한다. 자신을 소중하게 여기는 마음이 자리 잡는다면 발걸음부터 바뀔 것이다. 당당하고도 힘 있게.

건강하게 살자

앞에서 나는 마흔의 꽃을 '능소화'라고 했다.

그것은 억지나 허세도 아니다. 사십 대는 분명 능금처럼 탐스럽고 아름다운 나이다. 그러나 조건이 있다. 그건 바로 건강미다. 나이가 들어감에 따라 건강에 더욱 신경 써야 한다는 건 삼척동자도 아는 사실이다. 건강을 잃는 건 여성성을 잃는 것과 같다. 쥐오줌똥 묻은 벽지처럼 누리끼리한 피부는 건강의 적신호다. 그런 사십 대는 추레하다. 얼굴색이 핏기가 없는 여성은 건강 진단을 받아보아야 한다. 건강 진단은 필수다. 혹자는 말한다. 건강 진단을 받는 데 드는 기십만 원의 돈이면 온 식구가 며칠간 포식할 것이라고. 그래서 미련하다는 말을 듣는 것이다. 그 돈 아낀다고 누가 희생봉사상이라도 주는가. 그렇게 아끼다 앓아누우면 가장 진저리를 칠 사람이 바로 가족이다.

건강하기 위해 무조건 걸어라. 삶의 찌꺼기들을 내려놓고 밟으며 걸어보라. 육신의 건강은 물론 마음의 평화마저 얻게 된다. 걷다 보면 저절로 건강하게 된다.

마흔에 건강을 잃으면 인생을 잃는 것이나 마찬가지다.

문화생활을 즐기자

"예술이 세계를 바꾼다."

아주 멋진 문구다. 요즘 이 말을 자주 듣는다. 예술이 밥 먹여 주냐며 폄하하던 시대가 지났음을 증거하는 말이다.

예술은 인간의 삶을 윤택하게 해준다. 삶을 반추해 주는 거울이기 때문이다.

돈이 있어야 문화생활도 할 수 있다는 사람들이 간혹 있다. 그렇지 않다. 적은 돈으로도 얼마든지 문화를 즐길 수 있다. 주변의 책방, 도서관, 음악회, 전시회, 영화관 등을 이용하면 저렴한 값으로 문화생활을 할 수 있다.

인사동이나 청담동 거리, 국립 미술관 등에 가면 의외의 고급문화를 접하게 된다. 나는 친구들과 만날 때 전시관이나 고궁 등을 이용한다. 그곳에 가면 계절마다 다양한 행사를 만나게 되며, 때로는 자연을 만끽할 수 있어서 좋다.

좋은 영화를 보고 나면 온 세상을 얻은 듯 기쁘다. 7,000원짜리 티켓으로 얻는 행복은 의외로 크다. 영화관을 반드시 누군가와 같이 가야 한다는 생각을 버려라. 한두 번 혼자 다니다 보면 익숙해진다. 머지않아 혼자 영화를 보는 맛이 더 깊다는 걸 알게 될 것이다.

요즘은 문화센터나 동사무소 등에서도 고급문화를 즐길 수 있다. 정보에 대한 귀만 열려 있으면 된다. 가족 단위로 즐길 수 있는 문화 이벤트 또한 많다. 찾고 두드리는 자에게 열리는 문이 바로 문화다.

문화는 사람을 업그레이드시키는 매개체다. 다양한 장르를 즐기다 보면, 자신은 어느새 문화비평가가 되어 있을 것이다. 어떤 대화의 자리에도 당당하게 낄 수 있는 힘은 문화에서 시작된다고 본다. 문화로 다져진 사람은 자신도 모르는 사이 주목받을 수 있다. 사람들은 머리가 텅 빈 아름다운 여인보다, 끊임없이 도전해서 얻은 지식과 교양으로 가득 찬 여성을 선호한다. 특히 청춘이 아닌 중년의 여성에게서는.

책방이나 도서관에 자주 가자

대형 책방이 있는 동네에 사는 사람은 행운아다.

대학로에 있던 대여섯 군데 책방이 모두 문을 닫아버렸다. 책이 안 팔리기 때문이다. 책방 자리에 밥집이 생겼다. 사람들은 영의 양식보다는 육의 양식을 더 중요하게 여기는 것 같다.

대학로를 지나 혜화동 로터리에 책방 하나가 있다. 이 일대의 유일한 서점이다. 책방 주인은 멋진 노신사다. 그가 책방을 지켜온 세월은 우리나라 출판의 역사를 말해 주기도 한다. 그는 젊은 시절 지금의 책방에서 점원 생활을 했다. 법대를 나와 점원으로 있던 책방을 인수해서 지금까지 운영해 오고 있다. 그는 주변의 책방이 모두 무너져도 끝까지 장인 정신으로 버티고 있다. 고마운 일이다. 지금은 그의 시집간 딸이 대를 이을 준비를 하고 있다. 아버지와 딸이 책 정리를 하거나 손님과 상담하는 모습은 한 폭의 그림이다.

나는 이 책방을 마실가듯 찾는다. 그곳에 가면 정감이 있고, 늘 새로운 정보를 얻을 수 있어 행복하다.

'문화의 거리' 대학로에는 책방 말고 없는 게 또 있다.

바로 도서관이다. 우리나라도 외국처럼 작은 도서관이 많으면 얼마나 좋을까. 대학로에는 예총회관도 있고 문인협회도 있으면서 왜 도서관이 없는 걸까. 마로니에 공원 한 켠에 도서관이 생기면, 젊은이들도 필요한 책을 읽고, 노숙자도 가끔 들르고, 할 일 없어 왔다 갔다 하는 노인들도 들어와 쉬고, 무엇보다 아이들 학교 보내고 무엇을 할까 고민하는 아줌마들의 공부방이 될 수 있을 텐데…….

나는 소망한다. 마로니에 공원이나 낙산 오르는 길목 모퉁이에 작은 도서관이 생기기를 말이다. 간절히 원하면 이루어진다고 했다. 나는 그곳에 들어가 신문도 보고, 읽고 싶은 책을 맘껏 빌려 보고 싶다. 문예지도 보고 심심하면 여성지도 들척이며 정보의 바다를 맘껏 헤엄쳐 다닐 수 있는 날이 왔으면 좋겠다.

그런 날이 오면, 대학로는 진정한 문화의 거리로 거듭날 수 있을 것이다. 그곳에서 맘껏 문화생활에 젖을 생각을 하는 것만으로도 즐겁다. 블록 쌓듯 하나하나 문화생활을 해나가다 보면, 삶이 풍요로워질 것이다. 그뿐인가. 마음에 여유가 생기며, 지적인 충족감마저 생길 것이다.

예술은 빵은 아니다. 하지만 영혼의 포도주 역할은 충분히 해준다.

한 분야에 전문가가 되자

스테디셀러 작가가 된 친구가 있다. 그녀는 라디오 방송의 잘 나가는 아나운서였다. 어느 날, 갑자기 사표를 내고 노인복지에 대한 공부를 시작했다. 남들이 모두 의아해하며 만류했지만 자기의 뜻대로 사직서를 냈다. 지금 생각하면 그녀는 선견지명이 있었다. 공부를 마치고 노인복지 현장에서 일하기도 했지만, 지금은 프리랜서로 일한다. 강의도 하고, 글도 쓰느라 매우 바쁘게 살고 있는 그녀는 불과 얼마 전까지만 해도 전업주부와 다름없었다.

프리랜서란, 호칭은 그럴듯해 보이지만, 그야말로 백수일 때가 더 많다. 누군가 찾아주지 않으면 일을 할 수 없기 때문이다. 그녀는 백수의 시간을 내공을 다지는 데 온 힘을 쏟았다. 누군가 자신을 필요로 할 때 준비되어 있는 사람이 되기 위해서였다.

노년에 대한 영화는 한 작품도 빼놓지 않고 본 뒤, 반드시 리뷰를 썼다. 노년에 관한 책도 넓고 깊게 읽었다. 나는 그녀가 카페에 올린 리뷰를 보고 책을 고를 때가 있다. 그만큼 박학다식하다.

그녀는 '어르신을 사랑하는 사람들의 연구모임' 이라는 카페를 운영하면서 고급 정보를 계속 올렸다. 또한 오래전부터 자신이 쓴 리뷰를 오마이뉴스 인터넷 신문에 연재를 했다. 오마이뉴스의 시민기자는 누구나 할 수 있다. 그러나 오랫동안 전문적으로 글을 올리는 사람은 그리 많지 않다. 이 친구가 꾸준히 오마이뉴스에 자신이 하고 있는 작업들을 올린 것을 눈여겨보는 사람들이 생기기 시작했다. 급기야 그녀는 지금 노년전문 지도강사로 여기저기 불려다니느라 바쁜 삶을 살고 있다.

나의 또 다른 친구는 여성지 기자를 하다 늦둥이를 보면서 일을 그만두었다. 그 후 그녀는 자신이 무엇을 잘할 수 있는지, 무엇에 가장 관심이 많은가에 대해 끊임없이 탐구했다. 이것저것 도전해 본 결과, 그녀는 학생들에게 논술지도를 할 때 보람을 느낀다는 걸 깨달았다. 지금 그녀는 유명한 강사가 되어 있다.

한 우물을 파다 보면 언젠가는 전문가가 되어 있는 자신을 발견할 수 있을 것이다.

애인 같은 아내가 되자

"당신 부부를 보고 '오누이 같다' 라는 말을 들으면 기분이 어떠십니까?"

이 질문에 여러분은 어떤 대답을 할까. 나는 기분이 썩 좋지 않을 것 같다. 서로 잘 지내는 부부처럼 보이기는 하지만, 열정이 빠져나간 밋밋한 사이라는 말로 들리기 때문이다. 사십 대를 사는 부부라면 거의 오누이처럼 무덤덤하게 살아가는 부부가 많다.

나의 친구 중에 남편에게 매우 애교스런 친구가 있다. 그녀는 수시로 남편과의 꿈 같은 밤을 위해 이벤트를 준비한다고 한다.

침실을 아이들과 떨어진 방으로 차지한 것도 둘만의 공간에서 자유롭기 위해서이다. 그녀 말에 의하면 겉옷보다 속옷이 더 화려할 뿐만 아니라, 종류도 많다고 한다. 가끔 촛불도 다양하게 준비해 놓고, 날씨에 따라 뿌리는 향수도 다르다. 늘 새로운 기분을 느낄 수 있도록 최선을 다한다는 그녀. 볼 때마다 경이롭다.

둘은 손을 꼭 잡고 다니거나, 팔짱을 끼고 다닌다. 그녀는 아가씨처럼 날씬한 몸매를 유지하고 있다. 남편이 살찌는 걸 싫어하기 때문에 평생 다이어트를 해왔기 때문이다.

언젠가 그녀가 한 말이 잊혀지지 않는다.

"남자들 밖에 나가면 늘 예쁜 여자들만 보고 다니는데 집에서 구질구질한 마누라 보면 뭐가 기분 좋겠어? 나도 매일 남편과 연애하는 기분으로 사니까 좋고…… 너도 한번 해봐."

그녀가 남편에게 쏟는 시간과 정성은 대단하다. 그래서인가. 그 부부는 언제 보아도 연인 같다. 부럽다, 그들의 열정이.

오누이처럼 무덤덤해져 가는 부부관계.

너무 지루하고 매력 없다. 변신이 필요한 때다. 나부터 남편의 애인이 될 요건들을 갖춰 봐야겠다.

그나저나 애인 같은 마누라? 이 말이 가능한 일이긴 한 건가. 모를 일이다.

삶의 모델을 정하자

누군가를 닮고 싶은 사람이 있는가?

흔히 말하기를 존경할 만한 사람이 없다고 한다. 스승이 없다는 말이다. 이 말은 사실이기도 하지만 사실이 아닐 수도 있다. 세 사람만 모여도 그중에 반드시 스승이 있다는데. 동네 아줌마들과 모여 시장을 가도 삶의 지혜를 배우는 게 우리의 삶 아닌가.

나는 워낙 부족한 게 많아서인지 닮고 싶은 사람이 많다. 나의 관심사마다 모델이 다르다.

문학 동네에서는 작가입네, 티 내지 않고 묵묵히 좋은 글을 쓰는 작가를 닮고 싶다. 나는 그분을 마음속의 스승으로 모시고 늘 닮아가려 애쓴다. 나도 먼훗날 겉모습으로가 아니라, 글로 말하는 작가로 남길 꿈꾸면서.

나는 자녀를 잘 키운 어머니를 존경한다.

그런 분들의 자녀 키운 이야기에 귀를 기울인다. 자녀를 잘 키운 어머니들의 공통점은 끊임없는 기도였다. 기도란 무엇인가. 자녀를 향한 간절한 소망이 담긴 염원 아닌가. 기도의 내용이 신 앞에만 적용되는 건 아닐 것이다. 어머니의 마음을 자녀들은 무의식중에 읽게 될 것이며, 그렇게 살아가기 위해 애쓸 것이다. 그런 자녀들이 잘못된 길로 걸어가는 일은 절대 없을 것이다.

아름답게 나이 들어가는 여성을 본받고 싶다.

나이를 먹어감에 따라 더 이기적이고 속 좁은 행동을 하는 어르신들을 볼 때마다 안타깝다. 자신이 가진 것을 움켜쥐려고만 하고 베풀지 못하는 것을 볼 때도 마찬가지다. 하지만 젊었을 때보다 훨씬 더 여유로운 모습으로 후배를 품어주는 분을 만나면 저절로 고개가 숙여진다.

내 곁에는 그런 분이 있다. 12년 동안 방송을 같이한 유명한 배우다. 그토록 오랜 세월을 지나오면서, 한번도 그분의 부정적인 모습을 본 적이 없다. 진정으로 겸손하고, 프로정신으로 일을 하며, 허위의식 없이 가난한 아이들을 품어주는 분이다.

나는 그분을 만날 때마다 나도 저렇게 나이 들어가고 싶다는 생각이 절로 든다. 그건 어쩌면 욕심일지도 모른다. 어쨌든 그분 삶의 십분의 일이라도 따라가고 싶다.

이처럼 내 주위에는 삶의 모델로 삼고 싶은 사람이 많다. 그건 내가 축복받은 삶을 살고 있다는 증거일 것이다. 그들을 따르기 위해 나는 지금보다 더 자신을 조율하며 살아가려 애쓸 것이므로.

주위에 삶의 모델로 삼고 싶은 사람이 있다는 건, 자기 발전의 시작이다.

자신을 리모델링하자

요즘 거리에 나가보면 리모델링을 통해 전혀 다른 산뜻한 외관으로 거듭난 건물을 많이 볼 수 있다. 예쁘고 깨끗하게 리모델링한 건물을 보면 사람도 리모델링이 필요하단 생각이 자주 든다.

사람도 업그레이드할 필요가 있다. 바로 사십 대를 문전에 둔 삼십 대 후반이다.

우선 육체적인 리모델링을 할 부분에 대해 생각해 보자.

여성은 결혼과 출산이란 거대한 산을 넘어 오면서 몸의 변화를 심하게 겪는다. 온몸의 군살은 물론 뱃살이 붙는 시기도 바로 이때이다.

내 몸에 붙은 살은 절대로 스스로 떨어져 나갈 생각을 하지 않는다. 이때 굳게 결심하지 않으면 펑퍼짐한 몸매로 살아갈 수밖에 없다. 내가 겪어본 바에 의하면 삼십 대에 몸매 관리를 하지 않으면 사십 대에는 정말로 살을 빼기도 어렵고, 이미 헝클어진 몸의 선을 되찾기가 힘들다. 나는 날씬한 여성을 볼 때마다 존경스럽다. 그들은 자기 관리를 잘한다는 평가를 받아 마땅하다. 날씬한 여성은 건강하다. 따라서 재취업에 도전할 때도 건강미 때문에 큰 점수를 받을 것이다. 삼십 대에는 자기 몸을 리모델링하는 데 시간과 정성을 쏟아야 한다.

제도권 교육 안에서 하는 공부는 자율이 아닌 타율에 의해서 어쩔 수 없이 해야 할 때가 더 많다. 평가받기 위해, 시험을 위해, 졸업을 위해 하는 공부는 아무리 관심 있는 분야라 할지라도 결코 즐거운 일이 될 수 없다.

그러나 관심 있는 분야의 책이나 정보를 찾아 읽는 일은 즐거울 뿐만 아니라, 스펀지가 물 빨아들이듯 모든 것이 통째로 흡수된다. 시험을 위한 공부는 금방 잊어버리지만 이런 경우는 영원한 지식이 된다. 그 지식이 쌓여 그 사람의 실력이 된다.

요즘 도서관에 가보면, 고시 준비하듯 책상에 앉아 책을 읽거나 정보 검색을 하는 주부들을 많이 본다. 그들의 등에서 뿜어나오는 에너지에 기가 죽을 때도 있다. 먼 미래를 위해 그동안 가사에 쫓겨 미뤄놓았던, 진정한 자신만을 위한 공부를 하고 있는 여성들이다.

그들은 지금 저축을 하고 있는 것이다. 언제든 자신을 필요로 하는 곳에서 부를 때 달려가 일할 수 있는 능력을 키우기 위해. 아니 반드시 취업을 하지 않아도 좋다. 점점 고학년으로 올라가는 자녀들과의 대화라든가 교과 과정을 들여다보면서 조언 정도는 해줄 수 있는 실력을 가진 엄마가 되기 위해 고군분투하는 것이다.

공부는 하다 보면, 다음에는 무엇을 파고들어야 할지 그 길이 보인다. 그 길을 찾아가다 보면, 언젠가는 자신이 지금까지 해보고 싶었던 일을 하게 될 수도 있다. 삼십 대에 자신을 위해 공부하지 않으면, 사십이 되어 무엇인가를 시작해 보려고 할 때, 힘들 수 있다.

지금부터다. 시작해 보자. 막노동판에서 일하다 공부해서 서울대 수석 입학에 졸업, 사시에 합격한 김승수 씨가 쓴 《공부가 가장 쉬웠어요》라는 책은 반드시 자녀를 위한 책만은 아닌 것 같다. 내가 무엇을 할 수 있을까 망설이는 여성분들에게도 권하고 싶다.

자신의 리모델링은 삶을 위한 투자이며, 저축이다.

행복한 노후를 위해
준비해야 할 여섯 가지

살다 보면 가기 싫어도 가야만 하는 길이 있기 마련이다. 어쩌면 '노년의 길'도 거기에 속할지 모른다. 언젠가 노년 전문가 유경이 쓴 책에서 '노년을 선물'로 생각하라는 말을 읽고 매우 공감했던 적이 있다.

아무나 노년에 이르는 것 또한 아니라는 말 역시 그랬다. 전쟁과 사건과 사고, 질병을 지나 이른 곳이 노년이라는 말을 듣고 나니, 왠지 그 세계가 사랑스러워질 것 같았다. 내가 본격적으로 노년에 대해 생각하게 된 것은 불과 얼마 전부터였다. 마흔에 관한 이야기, 즉 중년 이야기를 쓰다 보니, 그 다음 세대인 노년에 대해 관심을 갖지 않을 수 없었다. 노년을 위해 준비해야 할 것은 무엇일까, 나름대로 생각해 보았다.

하나, 노년 통장을 따로 준비하자

마흔 고개에 다다르거나 넘으면 자녀가 중, 고등학생이나 대학생이 된다. 이때가 가장 돈이 많이 들어갈 때다. 나 역시 그렇다. 남편과 열심히 벌어서 모아놓은 돈은 외국에 나가 공부하는 큰아이와 대학생인 둘째아이 뒷바라지하고 나면 남는 게 없다. 아이들에게 들어가는 돈은 학비만이 아니다. 용돈도 줘야 하고 옷도 사줘야 하고 때로는 데이트 비용까지 보조해 줘야 한다. 밑 빠진 독에 물을 붓는 것 같기도 하다. 당연히 저축은 가뭄에 콩 나듯 어쩌다 목돈이 들어오면 하는 게 고작이다.

어느 날, 남편과 앉아 미래에 대해 이야기를 하던 중, 아이들에게 짐스런 존재가 되지 않기 위해서는 서로가 간병인이 되어줄 것과 노후 자금을 마련해 놓아야 한다는 결론을 내렸다. 특히 사업을 하는 남편은 연금이 없기 때문에 더욱 더 저축이 필요하다.

우리는 통장을 마련하자는 말만 나누었는데도 마치 노년 준비가 다 된 듯한 느낌이 들어 서로 얼굴을 마주 보며 웃었다.

노년을 위한 통장은 어려울수록, 자녀에게 돈이 많이 들어가는 사십 대에 준비해야 한다. 이때를 놓치면 불의의 일을 당했을 때 난감해진다. 돈이 없는 노년은 그야말로 초라한 말로가 될 것이다. 아끼고 절약해서 노년 통장을 오늘이라도 개설하자.

둘, 보험을 확인하자

보험은 미래의 불행을 담보로 한 저축이다.

불행이 일어나지 않기를 기대하며 보험금을 납입하지만, 가끔은 그 돈이 아깝다는 생각을 누구나 한번쯤은 해보았을 것이다.

보험에 가입할 때는 신중해야 한다. 보험설계사의 이야기만 듣고 계약서에 사인을 했다가 낭패를 당하는 걸 직접 목격한 적이 있다.

사십 대 초반에 건강보험에 든 K는 어느 날, 속이 더부룩하고 소화도 잘 안 되며 신물이 나와 병원에 가 내시경을 해보았더니, 위암이라는 판결이 났다. 다행히 2년 전에 암보험을 들어놓은 상태라 돈 걱정 없이 병원에 입원했다. 그런데 보험회사에 보상 신청을 해놓고 문제가 발생했다. 보험을 계약하기 바로 직전에 내과에 가서 내시경 검사를 받은 적이 있고 위염으로 약을 보름 간 먹은 사실이 컴퓨터 조회상에 떴던 것이다. 보험사 측에서는 K가 고의로 자신의 병명을 속이고 보험에 가입했기 때문에 전액 보상을 해줄 수 없다는 것이었다. 그러나 K는 억울함을 호소했다. 자신은 위염 정도는 큰 병이 아니라고 생각해서 병력을 묻는 난에 아니오, 라고 대답했고, 보험설계사 역시 자신에게 분명 그런 사실을 말해 준 적이 없기 때문이다. 결과적으로 K가 보험금을 한푼도 지급받지 못하는 것을 보고 세상 참 무섭다는 느낌이 들었다. 보험설계사는 분명 그런 사실을 인지했어야 했다. 무조건 고객 한 명이라도 더 유치하려는 얄팍한 계산으로 진실을 이야기해 주지 않았기 때문에 이렇게 피해를 당하는 사람이 있다는 걸 그들은 몰랐을까.

특히 노년에 드는 보험은 더 많은 주의가 필요하다. 보험은 예상 외로 복잡하며 전문적인 지식을 필요로 한다. 그래서 지금 내가 들고 있는 보험의 형태나 보상 범위 등이 어느 정도인지 다시 한 번 확인할 필요가 있다. 정작 보험이 필요할 때 보상을 한푼도 받을 수 없는 불행한 사태는 발생하지 말아야 한다.

셋, 하고 싶었던 일을 하자

남자들은 정년 퇴직과 함께 정말 삶의 의욕을 잃는 경우가 많다. 갑자기 늙는 것도 바로 그때다. 하지만 여자는 노년이 되어도 그리 추레하거나 슬퍼 보이지 않는다. 왜냐하면 일할 수 있기 때문이다.

지금도 오십 대 정도의 인력을 요구하는 곳도 꽤 있다. 젊은 할머니들이 가장 일을 안정적으로 잘하기 때문이다.

자녀들이 대학만 가면 모든 게 끝날 것 같지만 실상은 시작이다. 자녀들에게 인생의 중요한 일들이 모두 일어나는 나이가 바로 이십 대 아닌가. 입학, 연애, 군대, 취업, 결혼, 출산 등등……

끝없이 이어지는 자녀들의 일을 보며, 어느 날 나는 '언제까지 아이들 쫓아다니며 모든 뒤치다꺼리만 하다 말 것인가?'란 짙은 회의가 일었다.

이제는 자녀의 손을 놓아야 한다. 풍랑을 만나도 그들이 겪어내야 할 일이며, 잔잔한 물결 위에서 연인과 행복한 순간을 즐기는 것도 그들 몫이다. 그러면서 정말 마음 깊은 곳으로부터 닻줄을 풀어놓는 작업을 시작했다. 항해하는 아들을 위해 기도하는 어머니로만 남기로 작정하고.

물론 나는 지금까지 일을 해왔지만 그 빈 시간을 좀 더 나를 위해 투자할 것이다. 해보고 싶었던 봉사활동도 바로 그것에 속한다. 나는 청소년 범죄자들을 찾아가 인생 상담을 해주는 상담사가 되고 싶다. 지금도 그 공부는 계속하고 있다. 내 아이가 겪은 아픈 세월에 대한 경험이 있기 때문에 나는 누구보다 더 절절한 가슴으로 봉사할 수 있을 것이라 믿는다.

나와 같은 세대를 사는 친구들에게 늘 말한다.

"이제 정말 네가 그동안 해보고 싶었던 일을 시작하라."고

그 일은 대단한 것이 아니어도 상관없다. 이웃에 홀로 사는 독거노인을 위해 말벗이 되어주는 일도 좋고, 도시락을 날라주는 도우미 역할도 좋다. 어떤 일을 하다 보면, 약간의 돈을 버는 일도 만날 수 있다. 자원봉사를 하면서 경륜이 쌓이게 되어 그 분야에서 전문직으로 채용되는 걸 본 적이 있다.

무엇보다 중요한 건, 자신의 처지와 상황, 경력에 맞는 일을 찾아나서는 일이다. 시작은 빠를수록 좋다. 일하는 노년을 꿈꾸며 마흔을 마무리한다면 그것처럼 보람 있는 일은 없을 것이다.

넷, 아름다운 동행자를 만들자

시인 황지우는 '늙어가는 아내에게' 라는 시에 이렇게 썼다.

내가 말했잖아.

정말, 정말, 사랑하는, 사랑하는, 사람들.

사랑하는 사람들은,

너, 나 사랑해?

묻질 않어

그냥, 그래.

그냥 살어

그냥 서로를 사는 게야

말하지 않고 확인하려 하지 않고,

그냥 그대 눈에 낀 눈꼽을 훔치거나

그대 옷깃의 솔밥이 뜯어주고 싶게 유난히 커 보이는 게야.

중략……

이제는 세월이라고 불러도 될 기간을 우리는 함께 통과했다

살았다는 말이 온갖 경력의 주름을 늘리는 일이듯

세월은 넥타이를 여며주는 그대 손끝에 역력하다

이제 내가 할 일은 아침 머리맡에 떨어진 그대 머리카락을

침 묻힌 손으로 짚어내는 일이 아니라
그대와 더불어, 최선을 다해 늙는 일이리라
우리가 그렇게 잘 늙은 다음
힘없는 소리로, 임자, 우리 괜찮았지?
라고 말할 수 있을 때, 그때나 가서
그대를 사랑한다는 말은 그때나 가서
할 수 있는 말일 거야.

— 황지우, 〈늙어가는 아내에게〉에서

마흔을 넘어 오십을 바라보는 부부라면, 어느 고요한 밤에 황지우의 이 시를 같이 음미해 보시길. 서로 번갈아 팔베개를 해주며 이 시를 낭송해 준다면 더할 나위 없이 아름다운 밤이 될 것이다.

다가올 노년까지 나와 동행해 줄 사람은 누구인가. 당연히 남편일 것이다. 가끔은 늙어가는 부부지만 사랑의 눈길을 주고받자.

다섯, 종교에 관심을 갖자

인간은 자신의 한계를 인정할 때에야 비로소 신을 찾게 된다.

독일의 신학자 쉬라이엘 바하는 "세상의 모든 일이 신에 의하여 이루어진다는 것을 믿는 것, 이것이 종교다" 라고 말했다.

기독교에서는 "하나님의 존재를 인정하고 믿어지는 것 자체가 선물"이라고 한다. 보이지 않는 하나님을 믿을 수 있다는 걸 두고 하는 말이다. 어떤 사람은 아무리 신을 믿으려 해도 자신의 의지로는 도저히 믿어지지 않는다고 한다. 이해한다. 그래서 '믿음은 신이 준 선물'이라는 말이 성립되는 것이리라.

노년의 외로움을 극복하는 가장 좋은 방법은 종교 생활이다.

종교 생활에서 빼놓을 수 없는 것 중의 하나가 기도다. 기도는 영적인 호흡이다. 숨을 쉬지 않으면 살 수 없듯이, 기도를 통해 위로를 받는다. 기도는 무조건 달라는 기도가 아닌, 자기 성찰의 시간이어야 한다. 성숙한 기도만이 삶의 질을 바꿀 수 있다.

기도를 통해 용기와 새 힘을 얻을 수 있다. 용서할 수 없는 모든 것을 진정으로 용서할 수 있는 마음도 기도에서 비롯된다.

나이 들어감에 따라 종교 생활이 주는 또 다른 기쁨은 동행자를 만나게 된다는 점이다.

본향을 향해 가는 사람들의 발길은 하나다. 그러므로 형제보다 더 끈끈한 정이 흐르게 마련이다. 신앙의 동지는 영원을 향해 가는 친구다. 서로를 위해 아낌없는 사랑을 주고받을 수 있다.

신앙 생활 안에서 죽음을 준비하는 것이 필요하다. 누구나 한 번은 가야 할 길을 신앙 안에서 정리하고 떠날 수 있다면, 죽음이 결코 두렵지 않을 것이다. 오히려 죽음을 축제처럼 기다리는 사람들도 있다.

젊어서 너무 바빠 버렸던 신앙심을 되찾는 시기도 바로 노년이다. 병들고 외로울 때 끝까지 기다려 준 절대자 앞에 무릎을 꿇었을 때의 화평은 경험해 본 사람만이 알 수 있다.

신에 대해 진지하게 생각해 본 적이 없는 사람이라면, 아직 인생의 가장 소중한 한 부분을 찾지 못한 것인지도 모른다. 어서 자기에게 맞는 종교를 찾아보는 것이 필요하다. 어쩌면 당신이 돌아올 날을 위해 소리 없이 기도한 사람들의 응답이 이루어지는 시기가 바로 지금일지도 모른다.

노년의 외로움을 신앙으로 푼다면 행복한 나날이 될 것이다.

여섯, 가상 유언장을 써보자

〈안개 속의 풍경〉을 만든 테오 앙겔로풀로스 감독은 자연을 통해 많은 말을 한다. 영화 〈영원과 하루〉에도 습습한 안개가 낀 언덕이나 강, 혹은 위험한 파도가 출렁이는 해변이 나온다. 영화 속의 인물들은 검은 옷을 즐겨 입는다.

안개 낀 도시 테살로니카에서 죽음을 앞둔 늙은 시인 알렉산더가 회상하는 장면이 나온다. 한 마디로 이 영화는 그 시인의 생에서 가장 아름다웠던 하루를 추억하는 것이다. 몰입해서 보지 않으면 헷갈린다. 현재와 과거가 수시로 교차되기 때문이다. 현실과 환상이 뒤섞인 채.

인생은 우리가 원하는 대로 흘러가지 않는 것일까?

인생의 가장 빛나는 하루는 언제였을까?

죽음을 앞둔 시인은 이 화두를 안고 마지막 여행을 떠난다. 그때 30

년 전 아내가 보낸 편지를 발견한다. 그 순간 시인은 아내와의 사랑이 충만했던 과거로 들어간다. 그때는 몰랐던 어느 하루가 너무나 찬란하고 아름답다. 시인은 그때야 비로소 깨닫는다. 그때 알았더라면…… 우리의 생은 언제나 그렇다. 현재의 행복은 지나서야 깨닫는다. 그게 우리의 비극의 시발점이다.

영원으로 이어지는 하루는 지나고 나면 과거라는 이름으로 남을 뿐이다. 그러므로 오늘 하루를 충만하게 보내야 할 의무가 있다.

나는 이 영화를 보면서 유언장을 써보는 삶이 필요하다는 생각이 들었다. 노년의 마지막 여행을 떠나는 시인이 옛 편지를 읽으며 아름답게 회상하듯, 우리는 남은 사람들에게 그동안 즐거웠던 일, 슬펐던 일, 보람, 부탁, 당부 등을 일기처럼 남겨놓는 것도 매우 의미 있는 일이 될 것이다.

실제로 노년에 대한 강의를 하는 친구가 어르신들의 유언장을 공개한 걸 보았다. 물론 그분들의 허락을 받은 편지였다. 얼마나 감동적이고 눈물이 나던지 그냥 읽을 수가 없었다. 뵌 적이 없는 어르신이었지만 유언장 한 장 속에는 그분 삶 전체가 들어 있었다.

아직 중년이지만 지금부터라도 유언장을 써본다면 인생을 보는 깊이가 달라질 것이다.

여자 나이 마흔, 아직 늦지 않았다

"꿈을 가져라."

"가장 높이 나는 갈매기가 가장 멀리 본다."

우리는 이 말을 수없이 들어왔다. 어렸을 때는 너무 허무맹랑한 꿈을 꾸었고 하고 싶은 것 또한 너무 많아 이루지 못했고, 커서는 꿈을 꿔도 별로 이루어질 것 같지 않아 일찍이 포기한 적이 많았다. 일상을 꾸려가는 것만으로도 벅찼다는 게 더 솔직한 말이다.

아줌마의 길로 들어서면서 꿈이라는 말은 먼 나라의 장밋빛 인생을 바라보는 것과 같았다. 아니면 신문이나 텔레비전에 나오는 수퍼우먼에게나 해당되는 말이었다.

화려하지는 않지만 무엇이든 할 수 있었던 싱글일 때도 이루지 못한 꿈을, 가족이라는 이름으로 자신에게 주렁주렁 매달린 짐들은 어찌고 나만의 꿈을 꾸란 말인가. 이 말 자체가 아줌마를 모욕하는 것처럼 느껴질 때도 있었다.

그러나 내 나이 마흔 중반을 넘기며 절실하게 느끼는 건, 역시 꿈의 유무에 따라 삶의 질이 달라진다는 점이다. 인생이란 대로를 먼저 조금 더 걸어왔다는 선배의 입장에서 힘주어 말하고 싶다.

'앵초 어머니' 라 불리는 여성을 알고 있다.

그녀는 결혼과 함께 육아 때문에 직장을 그만두었다. 아이들이 유치원과 초등학교에 들어가면서 다시 일을 하고 싶은 생각이 들어, 여기저기 이력서를 넣어 보았다. 마땅치 않았다. 마침 여성부에서 실시하는 '숲 해설가가 되기 위한 과정' 이란 이색적인 수업이 있다는 걸 발견하였다. 숲 살리기 운동 차원에서 실시하는 교육이다. 수련 기간을 통해 시험에 합격하면 '숲 해설가' 가 될 수 있는 자격증을 받는다. 그녀는 비가 오나 눈이 오나 탐험대를 따라다녔다. 야생화, 곤충, 갯벌 등 현장을 오가며 터득하는 것들에 대한 희열은 이루 말할 수 없었다. 그녀의 딸인 앵초도 엄마가 탐험을 갈 때 자주 데리고 다녀서 거의 야생화 박사 수준급에 속한다. 그녀는 숲 해설가가 되기 위해 배우는 모든 과정이 재밌었다. 언젠가는 학교에 나가 아이들에게 생명의 소중함과 자연에 대해 가르칠 기회가 있을 것이란 꿈을 가슴에 품었기 때문이다. 그녀는 아이들을 데리고 숲을 찾아다니는 미래의 모습을 상상하는 것만으로도 즐거웠다. 빡빡할 정도로 바쁜 나날이지만 피곤하지 않았다. 그녀는 열심히 공부한 결과 시에서 치르는 시험에 당당히 합격해서 지금은 숲 해설가로 활동하고 있다. 그녀는 서른다

섯에 꿈을 이루기 위해 동분서주하다 보니 서른아홉이 되었다. 그녀는 분명 마흔에도 또 다른 꿈을 품고 새로운 도전을 할 것이다. 기대가 된다.

꿈꾸는 여자는 아름답다.

자신이 가장 하고 싶은 일을 향해 도전하는 모습이기 때문이다.

내가 무엇을 할 수 있을까, 싶을 때마다 용기를 얻는 시 한 편을 소개한다.

자연자원의 최대 낭비는
엄청난 일을 해낼 수 있는 가능성이 있었음에도
사람들이 수장시킨 그들의 잠재된 능력일 것이다.

지금 달려가고 있는 저속차선에서 나오라.
그리고 고속차선으로 들어서라.

당신이 할 수 없다고 생각하면 당연히 당신은 할 수 없을 것이다.
그러나 당신이 할 수 있다고 생각하면, 분명히 기회가 올 것이다.
노력하는 것만으로도 벌써 당신은 새사람이 된 감격을 맛볼 것이다.

명성이란 불가능하게 보이는 것을 찾아
그것을 성취하는 데에서 나온다.

목표를 낮게 세워라. 인생이 지루해질 것이다.

목표를 높게 세워라. 날아오르는 인생이 될 것이다.

— 찰스 스윈돌

마흔에 무얼 시작해?

이 말은 백 날 해봐야 소용없다. 여자 나이 마흔은, 꿈을 포기하기에
는 너무 이른 나이다. 마흔은 인생 전체에 있어 반환점에 지나지 않는
다. 찰스 스윈돌의 시구처럼 목표를 낮게 세워 인생이 지루해질 것인
가? 목표를 높게 세워 날아오르는 인생이 될 것인가? 마흔에 선택해
야 할 가장 중요한 일이다.

마흔에 보면 좋은 영화 10편

하던 일이 손에 잡히지 않을 때가 있다. 그럴 때마다 영화를 보러간다. 비가 오거나 눈이 와도 극장을 찾는다. 자연이 주는 순수한 감성과 영화를 보고 난 정서가 합일될 때의 기쁨은 크다. 문 밖만 나가면 대형 극장들이 있어 언제든 원하는 영화를 볼 수 있다는 건 분명 축복이다.

여기에 소개한 영화들은 그동안 내가 보았던 영화 중에 언제 보아도 새로운 의미로 다가오는 영화다. 나처럼 마음에 바람이 불 때면 빌려 보면 좋은 영화들이라고 믿는다.

1 밀리언 달러 베이비

이 영화는 복싱을 소재로 한 영화지만 가족, 사랑, 안락사 등 많은 것을 생각하게 한다.

프랭키는 한때 잘 나가던 권투 트레이너였다. 소원해진 딸과의 관계 때문에 스스로 세상과의 인연을 거의 끊다시피 하고 살고 있다. 그의 친구인 은퇴 복서와 함께 낡은 체육관을 운영하는 것이 유일한 낙이다.

어느 날 메기가 권투 선수가 되고 싶다고 프랭키를 찾아온다. 프랭키는 "서른한 살이 된 여자가 발레리나를 꿈꾸지 않듯 복싱 선수를 꿈꿔서도 안 된다"며 냉정하게 메기를 돌려보낸다.

그러나 권투가 유일한 희망인 메기는 매일 체육관에 나와 홀로 연습을 하고, 결국 그녀의 노력에 두 손을 든 프랭키는 그녀의 트레이너가 되어 신화적인 성공을 거둔다. 그러나 메기는 큰 사고를 당하게 되고 거의 식물인간처럼 병원에 누워 지내게 되는데……

메기의 가족은 모두가 냉혈 인간이다. 특히 어머니는 메기를 이용만 했지 사랑이란 전혀 없다. 그래서 메기와 프랭키는 끈끈한 정으로 묶이게 되는지도 모른다. 진정한 가족이란 무엇일까……

감독 : 클린트 이스트우드
출연 : 클린트 이스트우드, 힐러리 스웽크, 모건 프리먼

2 어둠 속의 댄서

'영혼을 울리는 영화'라고 표현하고 싶다. 매우 슬픈 뮤지컬 한 편을 본 듯하다.

체코에서 이민 온 셀마는 공장 노동자로 일하면서 어린 아들과 가난하게 살고 있다. 그 아들을 향한 그녀의 절절한 사랑은 가슴을 메이게 할 때가 한두 번이 아니다.

셀마의 눈은 갈수록 나빠지고 있다. 감각에 의지해 사물을 구별하고 출퇴근을 할 정도다. 아들 역시 그녀처럼 점점 눈이 나빠지고 있다. 셀마는 한푼도 쓰지 않고 아들의 수술비를 모으고 있지만, 그 길은 멀고도 험하다.

셀마는 빌의 집 뜰에 있는 허름한 컨테이너에서 살고 있다. 그녀는 자신이 아들의 눈을 수술해주기 위해 돈을 모으고 있다는 이야기를 비밀이라며 빌에게 밝힌다. 아들의 수술 하루 전날, 빌은 그녀의 돈을 훔친다. 돈을 돌려받기 위해 빌을 찾아간 셀마는 실수로 빌을 죽인다. 그러나 법정에서 그녀는 진실을 말할 수가 없다. 빌의 아내 때문에 빚이 늘어나 파산할 지경이라는 사실을 아무에게도 말하지 않기로 빌과 약속했기 때문이다.

셀마가 검은 테의 안경을 쓰고 강한 허스키로 노래를 부르는 장면은 경이로울 정도다. 뜨거운 모성애에 젖어 눈물로 부르는 노래를 듣다 보면 내 눈가도 절로 젖는다.

| 감독 : 라스 폰 트리에 |
| 주연 : 비요크 |

3 아 들

복수에 대한 영화다. 자식을 키우는 부모라면 이 영화를 보며 한순간도 긴장을 놓을 수 없을 것이다. 지금도 이 영화의 장면 하나하나가 눈에 선할 만큼 강렬하다.

올리비에는 5년 전 어린 아들을 잃었다. 누군가에게 살해된 것이다. 그 상처로 부인과 이혼하게 된다. 같은 상처를 안고 살아간다는 것이 때로는 더 아플 수도 있다는 걸 나는 이 영화를 보며 알았다.

올리비에는 소년원에서 출소한 아이들에게 직업 재활 훈련의 일종으로 목수 일을 가르친다. 어느 날 소년원에서 갓 출소한 열여섯 살의 소년 프란시스가 훈련센터에 온다. 프란시스는 어린 나이답지 않게 목수 일을 쉽게 배운다. 그러나 뭔가 묘한 분위기가 풍기는 소년이다.

어느 날, 뭔가 이상한 예감이 들어 추적해 본 결과, 놀랍게도 프란시스는 5년 전 올리비에의 아들을 살해한 살인범이었다. 그는 5년 동안 소년원에서 복역하다가 이제 출소한 것이다.

올리비에의 고민, 갈등, 분노 등등이 너무나 이해가 되었다. 과연 올리비에가 프란시스

마흔에 보면 좋은 영화 10편

에게 어떻게 나올 것인가……. 쉽게 답을 내릴 수 없다.

감독 : 장 피에르 다르덴, 뤼크 다르덴
출연 : 올리비에르 구르메, 나심 하사이니, 모간 마린느

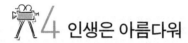 인생은 아름다워

아버지란 무엇인가.

나는 아버지란 말만 들어도 가슴이 먹먹해진다. 아버지에 대한 나의 감정은 복잡하다. 아버지는 내 아픔의 근원이자 그리움이기 때문이다.

이 영화는 진정한 부성애, 눈물겹도록 슬픈 부성애가 무엇인지 보여주는 영화이다.

파시즘이 맹위를 떨치던 1930년대 말 이탈리아에 살던 귀도는 소도시로 진출한다. 그곳에서 눈부시게 아름다운 아가씨인 도라와 우여곡절 끝에 결혼하고, 둘 사이에는 너무나 천진스러운 아들 조슈아가 태어난다. 귀도는 책방을 열고 선하게 살아가려 애쓰지만 히틀러의 유대인 말살정책이 이 가족에게도 불어닥친다.

수용소에 아들 조슈아와 갇히게 된 귀도는 기발한 아이디어로 아들을 안심시키려 애쓴다. 아들에게 수용소를 게임장이라 일러주고, 자신들은 게임을 해서 탱크를 타기 위해 일등을 해야 한다고 말한다. 아슬아슬한 위기를 유머와 짙은 부성애로 넘기는 아버지 귀도…….

가슴 아픈 이야기지만 귀도의 재치 있고 특이한 캐릭터 때문에 시종 입가에 미소를 머금게 된다. 우리는 극한 상황에서도 웃음을 잃지 않고 자식을 지킬 수 있을까?

감독 : 로베르토 베니니
주연 : 로베르토 베니니

5 아무도 모른다

1988년 도쿄에서 실제 있었던 일을 영화로 만든 작품이다.

일본의 허름한 연립 주택으로 한 어머니와 아들 아키라(12살)가 이사를 온다. 큰 트렁크 안에 세 명의 아이를 숨겨서. 주인이 아이가 많은 걸 알면 집을 빌려주지 않을까 봐 속였던 것이다. 엄마는 주인에게 들키지 않기 위해 아이들을 학교에도 보내지 않고 밖에 나가 놀지도 못하게 한다.

엄마는 이미 네 명의 남자를 만나 각각 아이만 하나씩 낳고 헤어졌으면서도 끝없이 남자를 탐한다. 그러던 어느 날, 엄마는 아키라에게 동생들을 잘 부탁한다는 편지와 약간의 돈을 남긴 채, 새로운 남자를 찾아 집을 나간다. 비정한 엄마다.

장남인 아키라는 매우 고독한 눈을 가진 어른스런 소년이다. 그는 배다른 동생들을 아버지처럼 돌보며 살아간다. 그러나 한계는 오고 만다. 어른이 없는 집은 불량소년들의 소굴이 되고, 전기도 끊기고 수돗물도 끊기면서 아이들의 존재는 밖으로 드러난다. 결국 막내인 유키가 사고를 당해 죽는데…… 그 시간에 엄마는 새 남자의 품에 안겨 있다.

이 영화는 아무도 모르게 버려진 아이들을 통해 비인간적인 현대사회의 고독과 소외를 고발한다.

> 감독 : 고레에다 히로카즈
> 출연 : 야기라 유야, 기타우라 아유, 시미즈 모모코, 기무라 히에이

6 영원과 하루

'칸느 영화제 황금종려상' 수상작이다.

'안개 속의 풍경'을 통해 이미 만난 적이 있는 테오 앙겔로플로스 감독은 자연을 통해 많은 말을 한다. 이 영화도 습습한 안개가 낀 언덕이나 강, 혹은 위험한 파도가 출렁이는 해변이 나온다. 영화 속의 인물들은 검은 옷을 즐겨 입는다.

안개 낀 도시 테살로니카에서 죽음을 앞둔 늙은 시인 알렉산더가 회상하는 장면이 나

온다. 한 마디로 이 영화는 그 시인의 생에서 가장 아름다웠던 하루를 추억하는 것이다. 몰입해서 보지 않으면 헷갈린다. 현재와 과거가 수시로 교차되기 때문이다. 현실과 환상이 뒤섞인 채.

인생은 우리가 원하는 대로 흘러가지 않는 것일까?

인생의 가장 빛나는 하루는 언제였을까?

죽음을 앞둔 시인은 이 화두를 안고 마지막 여행을 떠난다. 그때 30년 전 아내가 보낸 편지를 발견한다. 그 순간 시인은 아내와의 사랑이 충만했던 과거로 들어간다. 그때는 몰랐던 어느 하루가 너무나 찬란하고 아름다웠다. 시인은 비로소 깨닫는다. 그때 알았더라면……. 우리의 생은 언제나 그렇다. 현재의 행복은 지나서야 깨닫는다. 그게 우리의 비극의 시발점이다.

영원으로 이어지는 하루는 지나고 나면 과거라는 이름으로 남을 뿐이다.

| 감독 : 테오 앙겔로플로스 |
| 출연 : 브루노 간츠, 이자벨 르노, 아칠레아스 스케비스 |

7 클린

나는 배우 장만옥을 좋아한다. 그래서 그녀가 나오는 영화는 빼놓지 않고 보는 편이다.

프랑스 감독인 올리비에 아사야시는 장만옥을 신비적인 동양 여성으로가 아니라, 실존적 고뇌를 가진 한 인간으로 그렸다.

에밀리는, 80년대에는 잘 나가는 록 가수였지만 현재는 출연 섭외도 거의 들어오지 않는 리의 아내다. 그들 부부는 고통스러운 현실을 잊기 위해 마약을 한다. 남편 리는 결국 마약 과다복용으로 숨지고 만다.

에밀리는 시부모가 데려간 아들을 만나기 위해 마약을 끊고 레스토랑 종업원 등 밑바닥 생활까지 한다. 그러면서 노래로 재기하기 위해 다방면으로 뛰어보지만……

"아무것도 가진 게 없고, 아무도 없다면, 길은 하나밖에 없다."

에멜리는 하나밖에 없는 길을 향해 열심히 돌진한다.

이 영화에서 강한 모성애를 보여주는 장만옥은 40대의 나이가 믿기지 않을 만큼 매혹적이고 슬프도록 아름다웠다.

그날 나는 영화관을 나오자마자, 단골 미장원에 들렀다.

"이 머리처럼 해줄 수 있어요?"

원장에게 건넨 건 장만옥의 사진이 실린 영화 포스터였다. 물론 내 머리 모양이 희한한 국적 불명으로 변한 건 말할 필요도 없다.

| 감독 : 올리비에 아사야시 |
| 주연 : 장만옥 |

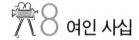 **8 여인 사십**

핵가족화 시대라 해도 아직까지 시부모를 모시고 사는 경우가 많다. 나 역시 20년을 시어른과 함께 살고 있다. 그래서인지 이 영화는 남의 이야기 같지가 않다.

운전면허장 시험관으로 일하는 남편과 대학생인 아들 경의를 둔 손부인은 직장을 다니고 있다. 어느 날 의지하며 살던 아내가 갑작스레 저 세상으로 가고 혼자 남게 된 시아버지는 치매 증상을 보인다.

저녁 6시면 어김없이 할아버지를 모시러 가는 손자 경의가 마치 내 아들 같아 가슴이 찡하다.

손부인은 너무 힘들다. 시아버지는 한시도 눈을 뗄 수 없을 정도로 계속 사고를 치고, 시동생들은 나 몰라라 하고, 본인은 몸이 자꾸 아파 온다. 부모에 대한 도리라 여기지만 그 어디에도 출구가 보이지 않는다. 그녀의 사십 인생은 고달프다. 마흔에 이 영화를 보며 나의 노년에 대해 생각해 보는 것도 좋을 듯싶다.

| 감독 : 허안화 |
| 출연 : 소방방, 교굉, 나가영 |

🎬9 웨일 라이더

이 영화는 단지 여자라는 이유로 축복받지 못하고 태어난 열두 살 '파이'의 이야기다. 족장 집안에서는 대를 이어줄 아들을 간절히 원하고 있다. 그러나 쌍둥이 중 아들은 죽고, 딸만 살아남는다. 아기를 낳던 산모도 죽는다. 아빠는 이때의 충격으로 집을 떠나고, 파이는 할아버지 할머니와 함께 산다.

사실 할아버지는 그동안 파이를 키우며 아들 이상의 능력이 있다는 걸 알게 된다. 그러나 부족의 대를 이을 수 있는 남자가 아니었기 때문에 내칠 수밖에 없는 할아버지의 심정 또한 안타깝다.

여자는 결코 지도자가 될 수 없는 현실, 이건 비단 파이만의 운명은 아니다.

고래 등에 올라탄 파이가 "가자!"고 속삭이며 바다로 나갈 때 부르는, 뉴질랜드 특유의 구음이 영화가 끝난 후에도 쉽게 자리에서 일어나지 못하게 했다. 환영받지 못한 아이로 태어나는 여자는 결코 없어야 한다는 다짐과 함께.

감독 : 니키 카로
출연 : 케이샤 캐슬-휴즈, 라위리 파라텐느, 빅키 홍튼

🎬10 파인딩 포레스터

윌리엄 포레스터는 꽤 알려진 소설가다. 그러나 여러 가지 불행한 요인들 때문에 집안에 칩거한다. 어느 날, 흑인 소년 자말이 친구들과 치기 어린 동기로 그의 집에 도둑질을 하러 들어온다. 자말은 실수로 포레스터의 집에 가방을 놔두고 나온다. 포레스터는 가방 안에 든 자말의 끄적거린 글을 읽으며 재능이 있는 아이라는 생각을 하게 된다. 둘의 만남은 그렇게 시작된다.

세상으로부터 스스로 분리되길 원했던 포레스터와, 빈민가 출신이라는 이유 때문에 학교에서 문전박대를 당하던 자말은, 문학 수업을 하며 우정을 쌓아간다.

결국 포레스터는 세상으로부터 받은 상처를 자말과의 우정을 통해 치유 받고 세상을

떠난다. 진정한 우정은 나이를 초월한다는 걸 알았다.

"너를 통해 삶의 기쁨을 알게 되었다"는 포레스터의 마지막 편지는 잊을 수 없다.

나는 이 영화를 보며 예술은 고독한 영혼의 산물이라는 걸 다시 한 번 확인한 셈이다.

포레스터의 고독한 모습 속에서.

 감독 : 구스 반 산트
주연 : 숀 코너리, 롭 브라운

마흔에 읽으면 좋은 책 10권

　외로움은 나를 사랑하는 것 같다, 늘 내 곁을 떠나지 않는 것을 보면. 나는 생체적으로 외로움을 많이 타는 편이다. 한때는 사람을 만나 외로움을 덜어보려 애를 써 보기도 했다. 웃고 떠들다 헤어져 돌아오는 발길은 천근이다. 그 허망함을 무엇에 비유할 수 있을까. 마흔 고개를 넘으며 찾아온 외로움은 죽음과도 같았다. 사막에 홀로 서 있는 듯한 느낌. 남편도, 친구도, 자식도 소용없었다. 때로는 그들이 나를 더 외롭게 만들었다.

　존재론적인 고독감마저 찾아와 나를 힘들게 했다. 지금까지 지나온 삶도 결코 녹록치 않았는데 앞으로 남은 시간을 어떻게 보낼 것인가. 덜컥 겁이 났다. 묻고 또 물었다.

답은 책 속에 있었다.

책은 담백한 애인이다. 사람을 만났을 때처럼 상처받을 일도 없고, 그다지 많은 돈을 요구하는 것도 아니다. 오직 사랑하는 눈길만 주면 그만이다.

그동안 내가 읽었던 책 중에 몇 권을 소개하고 싶다. 전문 서적은 피했다. 나처럼 외로움의 강을 건너고 있거나, 강 입구에 다다른 사람들이라면 언제 읽어도 편안한 친구가 되어줄 것이다.

1 바다의 선물

앤 머로 린드버그 여사는 미국의 작가이자 시인이며, 뛰어난 수필가이다. 제2차 세계대전 뒤에는 전재민 구호 사업에 헌신적인 봉사를 한 사회사업가이며 무전사 자격까지 갖춘 아줌마 비행사이기도 하다.

이 책을 읽다 보면 마음 잘 통하는 친구와 깊은 내면의 이야기를 나누고 있는 듯하다. 특히 이 책은 생후 20개월 된 맏아들이 감쪽같이 유괴된 일 때문에 외국에 나가 살다 다시 미국으로 돌아와 살면서 쓴 글로서 깊이가 있다. 작가가 시련을 이기고 자기를 찾아가는 여행과, 무너진 가정을 다시 세우는 과정이 리얼하게 그려졌다. 사람 사는 모습은 동서양 모두 같다는 생각이 드는 책이다.

여성의 생활을 위협하는 온갖 도전, 남녀간의 애정에 부닥치는 문제, 부부문제 등을 독특한 시선으로 말한다.

작가가 처음으로 혼자만의 여행을 떠나 쓴 책이라고 해서 더욱 공감이 갔다. 나도 언젠가는 혼자만의 여행을 통해 이렇게 멋진 글을 써보고 싶다.

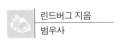

린드버그 지음
범우사

2 아기 철학자들

사진은 꾸밈이 없는 예술이다. 나는 사진이 곁들인 에세이를 즐겨보는 편이다. 삶의 냄새가 물씬 풍기는 골목만을 찍은 사진첩, 청량리 588의 모든 것을 담은 사회고발적인 글, 아름다운 풍경이 아닌, 자연 그대로의 모습을 찍은 보석 같은 사진이 담긴 에세이집 등은 언제 봐도 신선하다.

그 중에 아기들의 사진이 담긴 책을 가장 사랑한다. 이 세상에 아기처럼 순수한 존재가 또 있을까. 지하철이나 공원에서 아이를 만나면, 그냥 지나칠 수 없는 것도 바로 아이의 순진무구한 눈 때문일 것이다.

다양한 표정과 몸짓이 담긴 이 책은 아무리 봐도 질리지 않는다.

"지금 이 순간에 최선을 다해요. 생각은 그 다음에 하구요."

라는 문구가 적힌 페이지의 아기 사진은 귀여운 팬티만 입고 점프를 하는 모습이 담겼다. 너무 귀엽다. 이 페이지를 볼 때마다, 마음속으로 맞다, 맞다, 공감의 박수를 친다.

나는 이 책을 볼 때마다 내 아이들이 아기였을 때를 추억하기도 한다. 그때 좀 더 사랑하는 마음으로 안아줄 걸 후회하면서.

시드니 미셸 사진 / 신현림 옮김
문학세계사

📚3 내 슬픈 창녀들의 추억

이 작품은 〈백년의 고독〉으로 노벨 문학상을 수상한 작가의 최신작이다.

평생 동안 결혼하지 않고 혼자 살아온 주인공은 아흔 살 생일을 맞으며 풋풋한 처녀와 함께 하는 뜨거운 사랑의 밤을 선물로 받고 싶어 한다.

"나는 한번도 섹스를 할 수 있는 나이의 한계에 대해 염려해 본 적이 없다. 그것은 내 능력이 나 자신이나 여자들에 의해 달라지지 않기 때문이다."

그가 열네 살의 숫처녀를 만나 하룻밤을 보내게 되면서 소설은 흥미진진해진다. 물론 전혀 통속적이지 않은 소설이다.

이 작품은 가르시아 마르케스가 1982년 파리에서 뉴욕으로 가는 비행기 안에서 잠자고 있던 아름다운 여인을 일곱 시간 동안 지켜보며 구상하게 되었다고 한다.

슬픈 창녀의 이미지는 누구나 같을 것이다. 늙어서 슬픈 여자, 고독해서 슬픈 여자, 손풍금 옆에서 졸며 손님을 기다리던 창녀. 일회용 반창고 같은 여자의 이야기는 독자를 아프게 한다. 그러나 왠지 카타르시스를 느끼게 하는 아픔이다.

나는 이 소설을 읽고 에밀 아자르의 〈자기 앞의 생〉을 다시 읽었다. 창녀와 함께 사는 아홉 살 사내아이의 시선이나, 아흔 살의 남자를 만나야 하는 어린 창녀의 영혼이 왠지 닮아 보였기 때문이다.

가브리엘 가르시아 마르케스 지음 / 송병선 지음
민음사

📚4 거저나 마찬가지

나는 늘 소설을 꿈꾸며 살아왔다. 신이 허락한다면 좋은 소설을 쓴 작가로 내 이름이 기억되길 소망한다.

최근에 박완서 선생님의 단편 〈거저나 마찬가지〉를 읽었다.

화자는 거저나 다름없는 가격으로 집을 빌려준 선배 언니가 한없이 고맙기만 하다. 그

마흔에 읽으면 좋은 책 10권

러나 점점 시간이 지나면서 선배는 쉬는 날이나 공휴일마다 주변인들을 데리고 화자가
살고 있는 집으로 휴양 차 내려온다. 그들이 화자에게 미안해하면 선배는 말한다.

"거저나 마찬가지로 사는 건데 이해하겠지, 뭐."

나중에는 그곳에 놀러온 사람들조차도 화자를 마치 식모나 집사처럼 대하는 것을 보
며, 화자는 은근히 부아가 치민다. 그 화는 엉뚱하게 식도 올리지 않고 함께 살고 있는 남
자에게 쏟아지고 만다.

어느 날, 몇 달째 생활비도 안 내놓은 동거남이 가까이 다가오자 소리를 지르고 만다.

"그래, 나 거저나 마찬가지로 산다. 어쩔래? 그렇지만 섹스도 공짜로 하긴 싫어. 그렇
겐 안 할래."

작가의 나이를 느낄 수 없을 만큼 젊은 문장과 서사에 놀라움을 금치 못하며 책을 덮었
다.

박완서 글
창작과비평사

5 빈자의 미학

이 책은 우리나라의 굵직한 건물을 많이 설계한 승효상 님이 쓴 책이다. 건축에 대해
문외한인 내가 이 책을 좋아하는 이유는 단순하다.

그가 말하고 있는 '빈자의 미학' 이란 말을 너무도 좋아하기 때문이다.

그는 '가짐보다 쓰임이 더 중요하고, 더함보다는 나눔이 더 중요하며, 채움보다는 비움
이 더 중요하다' 고 역설하고 있다.

매우 공감 가는 말이 아닐 수 없다. 그가 설계한 건물들을 보면, 그의 이 철학이 깃들여
숨쉬는 건물이라는 것을 한눈에 알 수 있다.

승효상 지음
미건사

6 대통령을 키운 어머니들

아들이 대통령이 되길 꿈꿔 보지 않은 어머니가 있을까. 물론 단 한번만이라도 말이다. 나 역시 내 아이가 높은 곳에 군림하는 자리에 있길 바랐던 적이 있다. 그때만 해도 너무 오만했다. 그러나 자식은 부모 마음대로 자라주지 않는다는 걸 알고부터 마음을 비웠다. 그들을 위한 최선의 교육은 바로 거기서부터 시작된 셈이다.

어느 날 서점에서 이 책을 보았을 때, 사실 별 관심이 없었다. 왜냐하면 나는 나름대로의 자녀관이 있다고 믿었기 때문이다. 그러나 그건 나의 잘못된 생각이었다. 첫 장을 읽으며 무너진 편견이었다.

나는 어린 자녀를 키우는 어머니들에게 이 책을 권하고 싶다. 나처럼 시행착오를 겪으며 아이를 키우기 전에 이 책을 읽으면 나름대로 확고한 자녀관이 성립될 것이다.

보니 엔젤로 지음
나무와숲

7 식물은 우리에게 무엇인가

야생화 공부를 하면서 곁들여 식물이나 곤충에 관한 책을 고르던 중 이 책을 만났다. 지금까지 내가 보아 온 야생화에 대한 책보다 훨씬 더 고급 정보로 가득 찬 책이었다.

독을 내뿜는 식물들, 자연이라는 약국, 감각의 세계, 시금치처럼 시간을 정확하게. 나무들이여, 천년만년 살려느냐. 차례만 보아도 이 책이 주는 메시지가 범상치 않음을 알 수 있다.

나는 이 책을 비타민을 먹듯 하루에 한 장 정도씩 읽는다. 단숨에 읽을 책이 아니기 때문이다.

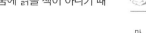
수잔네 파울젠 지음 / 김숙희 옮김
풀빛

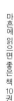

8 꽃으로도 때리지 말라

이 책은 기획 단계에서부터 저자의 집필 과정을 직접 보았을 뿐만 아니라, 그 안에 들어 있는 진정성 때문에 더 많은 애정을 갖고 읽었다.

이 책에는 김혜자 님이 월드비전 홍보 대사로 10년간 일한 흔적들이 고스란히 들어 있다. 그러나 이 책은 다큐가 아니라, 철학이 담긴 따뜻한 책이다.

고통당하는 사람들의 이야기를 그들과 관련된 책이나 음악, 영화 소개를 곁들여 쓴 것은, 독자를 향한 배려일 것이다.

김혜자 님은 책에 나오는 대로 쉰 명의 아이들의 실질적인 어머니이다. 아낌없이 개인의 돈을 투자해 그들에게 밥을 먹여주는 일을 오늘도 쉬지 않고 하고 있다.

나는 이 책의 저자가 억대가 넘는 인세를 단 한푼도 받지 않고 월드비전에 기부하는 걸 직접 눈으로 보았다. 아무도 흉내 낼 수 없는 일이다. 정말 살아 있는 천사를 보고 있는 것 같았다.

김혜자 지음
오래된미래

9 일곱 마리 고양이가 들려주는 삶의 지혜

오래전부터 내가 아끼는 책 중의 하나다.

조지오웰의 〈동물농장〉처럼 우화를 통해 인간의 경각심을 깨우치려는 책이려니 했다. 예상은 빗나갔다.

비티, 파피, 체스터, 삭시, 트롯, 스위트 윌리엄, 케이트.

일곱 마리의 고양이는 조용한 목소리로 속삭이고 있다.

파피는 자신을 알라고, 체스터는 자신을 인정하라고, 삭시는 절제하라고, 트롯은 자신을 소중히 여기라고, 스위트 윌리엄은 자신과 끊임없는 대화를 나누라고, 케이트는 항상 그 자신으로서 살아가라고, 비트는 사랑과 친절을 가지고 앞으로 나가라고, 부드럽지만 강한 눈빛으로 말하고 있다.

　나는 살면서 삶이 너무 신산스럽다고 느낄 때, 이 책을 읽는다. 어느새 마음이 따뜻해지는 느낌을 받는다.

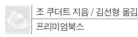

조 쿠더트 지음 / 김선형 옮김
프리미엄북스

10 가족 식사

　이 책은 〈민통선 사람들〉로 알려진 임동헌 소설가가 쓴 에세이다.

　작가의 아버지가 암으로 투병을 하는 동안, 자식으로서 겪어낸 이야기를 담담한 어조로 썼다. 그러나 담담함 속에 숨겨진 아버지를 향한 그리움이 짙게 묻어나는 고백서다.

　이 책에 나오는 아버지의 모습은 같은 세대를 사신 나의 아버지와 너무도 닮았다. 그의 아버지는 꼼꼼하고 철저한 성품이면서도 낭만적인 기질이 있으신 분이었다. 그래서 동네 다방 마담의 은근한 사랑을 받기도 했다. 누군가 어려우면 거절하지 못하고 들어주는 성격. 오토바이나 자동차를 타고 어딘가로 휙 다니기를 좋아하는 아버지. 시골에서는 거의 영웅이나 다름없는 대접을 받은 부분. 책 속의 아버지와 나의 아버지가 이 세상을 하직한 시간도 비슷하다. 나는 나의 아버지를 보낸 아픔을 이 책을 읽으며 위로받았다.

　입원과 퇴원을 반복하던 아버지를 철원으로 모시고 가면서 터미널의 허름한 식당에 앉아 점심 식사를 하는 장면을 읽을 때는 목젖이 아팠다. 게장을 좋아하는 아버지에게 게살을 발라주는 40대의 아들은 목이 메인다. 어쩌면 아버지와 나누는 마지막 식사가 될지도 모른다는 생각 때문에.

　이 책은 바쁘게 사는 현대인들에게 '한자리에 앉아 식사를 하는 것' 이 얼마나 소중한 일인지 다시 한 번 깨닫게 해준다.

임동헌 글
랜덤하우스중앙

여자 나이 마흔으로 산다는 것은

초판 인쇄 | 2006년 8월 10일
초판 9쇄 | 2011년 5월 15일

지은이 | 박경희
펴낸이 | 안창근

펴낸곳 | 고려문화사
출판 등록 | 1980년 8월 4일 제1-38호
주소 | 서울시 마포구 서교동 464-59 서강빌딩 6층
전화 | 02)996-0715~6   팩스 | 02)996-0718
ⓒ 2006, 박경희
ISBN 89-7930-192-8 03810

Home page : http://www.koryobook.co.kr
email : koryo81@hanmail.net